Khalil Gibran

Die Stürme

Aus dem Arabischen übertragen von
Ursula Assaf-Nowak, S. Yussuf Assaf und
Wadih Moubarak

Walter-Verlag
Zürich und Düsseldorf

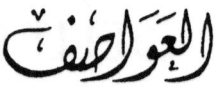

al'Awasif
Die arabische Originalausgabe erschien 1920

Die Deutsche Bibliothek – CIP-Einheitsaufnahme

Ǧibrān Ǧibrān Ḫalīl:
Die Stürme / Khalil Gibran. [Aus dem Arab. übertr. von Ursula Assaf-
Nowak . . .]. – Zürich ; Düsseldorf : Walter, 1996
Einheitssacht.: al- ʿawāṣif <dt.>
ISBN 3-530-10002-1

Alle Rechte der deutschen Ausgabe vorbehalten
© Walter-Verlag AG, Zürich 1996
Satz: Jung Satzcentrum GmbH, Lahnau
Druck und Einband: Clausen & Bosse, Leck
Printed in Germany
ISBN 3-530-10002-1

Inhalt

Der Totengräber

In einer Nacht, in der die Sterne vom Nebel verhüllt und die Stille von Furcht erfüllt waren, wanderte ich einsam durch das Tal des Lebensschattens, dessen Wege mit Knochen und Totenschädeln gepflastert waren.

Am Ufer des Flusses aus Blut und Tränen, der einer gefleckten Schlange glich und wie die Träume von Verbrechern vorüberfloß, hielt ich an, lauschte dem Flüstern der Phantome und starrte ins Nichts.

Als sich Mitternacht näherte, die Zeit, in der die Geister ihre Verstecke zu verlassen pflegen, hörte ich schwere Schritte, die sich mir näherten. Und dann erschien vor mir eine riesige, furchteinflößende Gestalt. Entsetzt rief ich: «Was willst du von mir?»

Er sah mich an mit Augen, die wie Lampen glühten und antwortete ruhig: «Ich will nichts und alles!»

«Laß mich in Ruhe und geh deines Weges!»

Lächelnd entgegnete er: «Mein Weg ist dein Weg! Ich gehe dahin, wohin du gehst, und ich bleibe stehen, wo du stehen bleibst.»

«Ich kam hierher, weil ich die Einsamkeit suche», sagte ich, «also, laß mich allein!»

«Ich bin die Einsamkeit», antwortete er, «warum fürchtest du dich vor mir?»

«Ich fürchte mich nicht vor dir!»

Darauf sagte er: «Wenn du keine Angst hast, warum zitterst du dann wie ein Schilfrohr im Wind?»

«Der Wind spielt mit meinen Kleidern, so daß sie zittern. Ich selbst zittere nicht.»

Da brach er in schallendes Gelächter aus, das sich wie ein Sturm anhörte. Dann sagte er: «Du bist ein Feigling, der Angst vor mir hat und Angst vor seiner Angst. Deine Angst ist also doppelt, und du versuchst, sie hinter einer Lüge zu verbergen, die so hauchdünn ist wie ein Spinnengewebe. Deshalb lache ich und ärgere mich gleichzeitig.»

Er setzte sich auf einen Felsvorsprung und forderte mich auf, ihm gegenüber Platz zu nehmen. Ich sah in sein furchterregendes Gesicht. Nach einer Weile, die mir wie tausend Jahre erschien, blickte er mich spöttisch an und fragte mich nach meinem Namen.

«Ich heiße Abdallah[1]!» sagte ich.

Er entgegnete: «Wie zahlreich sind doch die Diener Gottes, und wie gewaltig sind die Mühen Gottes mit seinen Dienern! Hättest du dich nicht lieber ‹Herr der Dämonen› genannt und auf diese Weise dem Unglück der Dämonen noch ein weiteres hinzugefügt?»

«Ich heiße Abdallah», wiederholte ich, «und dieser Name ist mir lieb, denn mein Vater gab ihn mir bei meiner Geburt. Ich werde ihn gegen keinen anderen Namen tauschen.»

«In der Tat», bemerkte er. «Die Heimsuchung der Söhne besteht in den Gaben der Väter; und derjenige, der sich nicht freimacht von den Gaben seiner Väter und Vorväter, bleibt ein Knecht der Toten, bis er selber zu ihnen gehört.»

Ich senkte meinen Kopf und dachte über seine Worte nach, und ich erinnerte mich an Erfahrungen, die seinen Worten entsprachen. Dann fragte er mich: «Welcher Beschäftigung gehst du nach?»

[1] Der Name heißt übersetzt: «Diener Gottes».

«Ich schreibe Gedichte und Prosa», antwortete ich; «ich mache mir meine Gedanken über das Leben, und teile sie anderen mit.»

«Das ist ein veralteter Beruf, den kaum noch jemand ausübt und der den Menschen weder nützt noch schadet», sagte er.

«Und was soll ich deiner Meinung nach tun, um den Menschen von Nutzen zu sein», erkundigte ich mich.

«Werde Totengräber!» antwortete er. «Auf diese Weise befreist du die Lebenden von den Kadavern, die sich um ihre Häuser, Gerichtshöfe und Tempel auftürmen.»

Ich sagte: «Bis jetzt habe ich noch keine Kadaver vor den Häusern gesehen.»

«Du schaust mit den Augen der Illusion», erwiderte er. «Du siehst, wie die Menschen vor dem Sturm des Lebens zittern und hältst sie für lebendig. In Wahrheit sind sie seit ihrer Geburt tot, aber sie fanden niemanden, der sie begräbt; so blieben sie auf der Erde liegen, und der Geruch der Verwesung geht von ihren Körpern aus.»

Meine Angst vor ihm ließ allmählich nach, und ich fragte ihn: «Wie soll ich denn die Lebenden von den Toten unterscheiden, wo doch beide vor dem Sturm zittern?»

Er antwortete: «Der Tote zittert vor dem Sturm; der Lebende läuft mit ihm und hält nur an, wenn der Sturm aufhört.» Bei diesen Worten stützte er sich auf seine Hand auf, und sein muskulöser Arm sah aus wie der Stamm einer kraftstrotzenden Eiche. Nach einer Weile fragte er mich: «Bist du verheiratet?»

«Ja», sagte ich, «und ich habe eine schöne Frau, in die ich sehr verliebt bin.»

«Wie zahlreich sind doch deine Vergehen und Fehler!» entgegnete er. «Weißt du nicht, daß die Ehe die Verskla-

9

vung des Menschen zugunsten der Fortpflanzung ist? Wenn du frei sein willst, so trenne dich von deiner Frau und lebe dein eigenes Leben!»

«Ich habe drei Kinder», gab ich zu bedenken, «das älteste spielt mit Bällen, und das jüngste kann noch nicht sprechen. Was soll ich mit ihnen machen?»

«Bring ihnen bei, Gräber zu graben», sagte er. «Dann gib jedem von ihnen eine Schaufel, und laß sie ans Werk gehen!»

Ich erwiderte: «Aber ich kann die dauernde Einsamkeit nicht ertragen. Ich habe mich an das Leben im Kreise meiner Familie gewöhnt, und wenn ich sie verlasse, verläßt mich das Glück.»

«Das Leben des Mannes mit Frau und Kindern ist finsteres Elend unter hellem Anstrich», entgegnete er. «Wenn du aber nicht unverheiratet leben kannst, so heirate eine Tochter der Dschinnen[1]!»

Überrascht von diesem Vorschlag sagte ich: «Die Dschinnen sind keine realen Lebewesen. Warum suchst du mich zu täuschen?»

«Wie unwissend du doch bist, junger Mann!» antwortete er. «Nur die Dschinnen sind reale Wesen, und wer nicht zu ihnen gehört, gehört der Welt des Zweifels und der Verwirrung an.»

«Sind die Töchter der Dschinnen schön und anmutig?» wollte ich wissen.

«Sie besitzen ein Anmut, die nicht vergeht, und eine Schönheit, die nicht welkt», war seine Antwort.

«Zeig mir eine Dschinnentochter, und ich lasse mich überzeugen!»

Er erwiderte: «Wenn es dir möglich wäre, eine Dschin-

[1] Geister, die gutartig oder bösartig sein können.

nentochter zu sehen und zu berühren, hätte ich dir nicht geraten, sie zu heiraten.»

«Und was nützt mir eine Frau, die ich weder sehen noch berühren kann?» fragte ich ihn.

«Es ist ein langfristiger Nutzen», sagte er, «der im allmählichen Aussterben der Toten besteht, die vor dem Sturm zittern und sich nicht mit ihm fortreißen lassen.» Eine Weile wandte er sein Gesicht von mir ab; dann sah er mich wieder an und fragte: «Was ist deine Religion?» Ich antwortete: «Ich glaube an Gott und ehre seine Propheten; ich liebe die Tugend und hoffe auf ein Weiterleben nach dem Tod.»

«Das sind Worte, die du von vergangenen Generationen übernommen hast», sagte er. «Die Wahrheit ist, daß du nur an dich selbst glaubst, nur dich selbst ehrst, nur deinen eigenen Neigungen nachgehst und deine eigene Unsterblichkeit erhoffst. Seit Anbeginn liebt der Mensch nur sein eigenes Ich, dem er unterschiedliche Namen gibt – je nach seinen augenblicklichen Vorstellungen: mal ist der Name Baal, mal Jupiter, mal Allah.» Dann lachte er spöttisch und fuhr fort: «Wie seltsam sind doch diejenigen, die sich selbst anbeten, obwohl sie verwesende Kadaver sind!»

*

Ich überdachte seine Worte und entdeckte darin einen Sinn, der sonderbarer war als das Leben, schrecklicher als der Tod und tiefer als die Wahrheit, und mein Geist schwankte, ob er ihm Respekt zollen sollte aufgrund seiner Ideen oder Sympathie wegen der Preisgabe seiner Geheimnisse. Dann fragte ich ihn: «Wenn du einen Gott hast, so sage mir bei diesem Gott, wer du bist!»

«Ich bin mein eigener Gott», entgegnete er.

«Und wie heißt du?»

«Ich bin der verrückte Gott.»

«Wo bist du geboren?»

«Überall!»

«Und wann bist du geboren?»

«Zu jeder Zeit!»

«Wer lehrte dich die Weisheit, und wer offenbarte dir die Geheimnisse des Lebens?»

«Ich bin nicht weise», entgegnete er. «Die Weisheit ist eine Eigenschaft schwacher Menschen. Ich hingegen bin stark: Wenn ich gehe, zittert die Erde unter meinen Schritten, und wenn ich stehen bleibe, hält der Reigen der Gestirne an. Ich habe vom Satan gelernt, mich über die Menschen lustig zu machen. Ich erfuhr die Geheimnisse des Seins und Nichtseins, als ich die Könige der Dschinnen und die Mächtigen der Nacht begleitete.»

«Und was machst du in diesem unzugänglichen Tal», wollte ich wissen. «Wie verbringst du deine Tage und Nächte?»

«Am Morgen schmähe ich die Sonne, am Mittag verspotte ich die Menschen, am Abend verfluche ich die Natur, und in der Nacht knie ich nieder und bete mich selber an.»

«Und was ißt du, was trinkst du und wo schläfst du?»

«Ich und die Zeit und das Meer, wir schlafen nie, wir ernähren uns von den Körpern der Menschen, trinken ihr Blut und schmücken uns mit ihrem Atem.» Nach diesen Worten stand er auf, kreuzte seine Arme über seine Brust, und indem er mir in die Augen schaute, sagte er mit ruhiger Stimme: «Auf Wiedersehen! Ich gehe dorthin, wo sich die Dämonen und Riesen treffen.»

Ich rief ihm nach: «Halt, ich habe noch eine Frage an dich!»

Er antwortete, während der Nebel ihn schon zum Teil verhüllte: «Verrückte Götter gewähren keinen Aufschub! Auf Wiedersehen!»

Hinter einem Schleier aus Finsternis entschwand er meinen Blicken. Ich blieb verwirrt zurück, ratlos in bezug auf mich und auf ihn.

Und als ich mich von diesem Ort entfernte, hörte ich das Echo seiner Stimme zwischen den Felsen: «Auf Wiedersehn! Auf Wiedersehn!»

Am nächsten Tag trennte ich mich von meiner Frau und heiratete eine junge Dschinnentochter. Dann gab ich meinen Kindern Schaufeln und Spaten und forderte sie auf: «Geht, und immer wenn ihr einen Toten seht, begrabt ihn!»

Seit dieser Stunde bin ich damit beschäftigt, Gräber auszuheben und Tote zu begraben. Aber die Toten sind so zahlreich, und ich bin allein; niemand hilft mir.

Die Sklaverei

Die Menschen sind Sklaven des Lebens; Sklaverei füllt ihre Tage mit Schmach und Erniedrigung und taucht ihre Nächte in Blut und Tränen.

7000 Jahre sind seit meiner Geburt vergangen, und seitdem sehe ich nichts anderes als unterwürfige Sklaven und gefesselte Gefangene.

Ich habe den Osten und den Westen der Erde bereist; ich ließ mich im Schatten des Lebens nieder und in seinem Licht. Ich sah Nationen und Völker aus ärmlichen Hütten in prächtige Schlösser ziehen, aber ihre Nacken waren unter schweren Lasten gebeugt, ihre Handgelenke gefesselt, und sie knieten vor Götzenbildern.

Ich folgte dem Menschen von Babel bis Paris, von Ninive bis New York, und ich sah die Spuren seiner Fußketten auf dem Sand neben seinen Fußspuren. Und ich hört aus Tälern und Wäldern das Echo der Klagen von Generationen dringen.

Ich betrat der Menschen Schlösser, Museen und Tempel; ich stellte mich in die Nähe von Thronen, Altären und Kanzeln: und ich sah den Arbeiter als Sklaven des Kaufmanns, den Kaufmann als Sklaven des Soldaten, den Soldaten als Sklaven des Richters, den Richter als Sklaven des Herrschers, den Herrscher als Sklaven des Priesters und den Priester als Sklaven des Götzen; das Götzenbild aber ist aus Erde, welche die Dämonen formten und auf einen Hügel aus Totenschädeln stellten.

Ich ging in die Häuser der Reichen und Mächtigen sowie in die Hütten der Armen und Schwachen. Ich hielt mich in Sälen auf, deren Wände mit Elfenbein und Blattgold besetzt waren, und in Stuben, in denen die Geister der Verzweiflung und des Todes hausten: ich sah die Säuglinge mit der Muttermilch die Sklaverei aufnehmen, die kleinen Jungen lernten zusammen mit dem Alphabet die Folgsamkeit, die kleinen Mädchen bekleidete man mit Gewändern der Demut, und die Frauen schliefen auf dem Lager des Gehorsams.

Ich folgte den Generationen von den Ufern des Ganges bis an die Ufer des Euphrat und zur Mündung des Nils; vom Berg Sinai zu den Plätzen Athens, den Kirchen Roms, den Gassen Konstantinopels und den Häusern von London, und überall sah ich die Sklaverei lauern: Sie schritt in Prozessionen um ihre Altäre, und man nannte sie Gott; dann gossen sie Parfüm über ihre Füße und nannten sie König; sie verbrannten Weihrauch vor ihrem Abbild und nannten sie Prophet; dann fielen sie vor ihr nieder und nannten sie das Gesetz; sie führten Kriege, töteten sich ihretwegen und nannten sie Patriotismus; sie unterwarfen sich ihrem Willen und nannten sie «den Schatten Gottes auf Erden»; ihretwillen verbrannten sie ihre Häuser, zerstörten ihre Monumente und nannten sie Gleichheit und Brüderlichkeit; schließlich strengten sie sich an, arbeiteten mühevoll und nannten sie Geld. Die Sklaverei hat viele Namen, aber eine einzige Wirklichkeit; viele Erscheinungsformen, aber ein einziges Wesen. Sie ist eine endlose Krankheit, die unter den verschiedenartigen Symptomen und mit unterschiedlichen Verletzungen auftritt. Die Kinder erben sie von ihren Vätern zusammen mit dem Atem des Lebens, die Epochen streuen ihre Samen in die Erde,

und die Jahreszeiten ernten, was andere Jahreszeiten
säten.

*

Die merkwürdigste Form der Sklaverei, die ich ange-
troffen habe, ist die *blinde* Sklaverei: sie verbindet die
Gegenwart der Menschen mit der Vergangenheit ihrer Väter; sie zwingt sie, vor der Überlieferung ihrer
Vorväter niederzuknien; sie macht aus ihnen neue Körper für alte Geister, getünchte Gräber für verwesende
Knochen.

Die *stumme* Sklaverei hingegen heftet die Tage des Mannes an die Schleppe seiner Frau, die er haßt, und sie kettet
den Körper der Frau an das Lager ihres Ehemanns, den
sie verachtet – so wie man den Fuß eines Pferdes mit
einem Hufeisen beschlägt.

Und die *taube* Sklaverei ist diejenige, die das Individuum zwingt, den Tendenzen seiner Umgebung zu folgen, sich mit ihren Farben zu färben und nach ihrer
Mode zu kleiden. So werden sie zu dem, was das Echo
für die Stimme ist und der Schatten für den Körper.

Die *lahme* Sklaverei unterstellt die Mächtigen der Kon-
trolle von Betrügern und liefert die Starken den Launen
derjenigen aus, die nach Ruhm und Ehre streben; diese
Menschen gleichen Apparaten, die von Händen bedient
werden, die sie erst ausschalten und dann zerschlagen.

Die *graue* Sklaverei holt die Seelen der Kinder aus den
weiten Räumen des Firmaments in die Wohnungen des
Elends, wo die Not mit der Dummheit zusammen-
wohnt und die Erniedrigung mit der Verzweiflung; sie
wachsen in Not und Elend auf, leben als Kriminelle und
sterben geschmäht und verachtet.

Die *gefleckte* Sklaverei verkauft Waren zu überhöhten

Preisen, nennt die Dinge nicht mit ihrem wahren Namen, sie bezeichnet die List als Klugheit, Geschwätzigkeit als Wissen, Schwäche als Milde und Feigheit als Stolz.

Die *gebeugte* Sklaverei bewirkt, daß sich die Lippen der Schwachen aus Angst bewegen: sie werden reden, was sie nicht fühlen, und äußern, was sie nicht empfinden. Sie sind im Griff der Angst und Armut, wie ein Gewand, das man zusammenfaltet.

Die *schwarze* Sklaverei bedeckt die Söhne unschuldiger Verbrecher mit Schmach.

Und die Sklaverei der Sklaverei ist die Unbeweglichkeit.

*

Und als ich erschöpft war, den Jahrhunderten zu folgen, und überdrüssig, den Reigen der Nationen und Völker zu sehen, suchte ich die Einsamkeit des Tales der Geister auf, wo sich die Schatten vergangener Zeiten verbergen und wo die Seelen künftiger Generationen schlummern. Da sah ich eine schmale Gestalt, die einsam der Sonne entgegenging. Ich fragte sie:

«Wer bist du, und wie heißt du?»

Sie antwortete: «Mein Name ist ‹Freiheit›.»

Ich fuhr fort zu fragen: «Wo sind deine Söhne?»

Sie erwiderte: «Einer starb am Kreuz, der andere wurde wahnsinnig, und der dritte ist noch nicht geboren.»

Danach entfernte sie sich aus meinem Blick – hinter einem Schleier aus Nebel.

Der gefangene König

Tröste dich, gefangener König, denn du bist in deinem Gefängnis nicht unglücklicher als ich in meinem eigenen Körper!

Fasse dich in Geduld auf deinem Lager, Vater der Schrecken, denn nur die Schakale zeigen Ungeduld und Aufregung angesichts von Schicksalsschlägen; für einen gefangenen König geziemt sich nur Spott über das Gefängnis und seine Wächter!

Beruhige dich, standhafter Jüngling, und schau mich an! Ich bin wie du ein Sklave des Lebens hinter Gitterstäben! Zwischen mir und dir gibt es keinen Unterschied – außer einem unangenehmen Traum, der meinen Geist heimsucht und davor zurückschreckt, sich dir zu nähern. Wir beide sind aus unserem Land verbannt – weit entfernt von unserer Familie und unseren Freunden.

Mäßige deine Erregung und bleibe standhaft wie ich in den Heimsuchungen der Tage und der Nächte! Mache dich lustig über die Schwachen, die uns aufgrund ihrer großen Zahl besiegen und nicht wegen der Entschlossenheit ihrer Individuen!

Welchen Nutzen hätten auch Aufregung und Geschrei, da die Menschen doch taub sind und nicht hören. Vor dir habe ich in ihre Ohren geschrien und vermochte nur die Schatten der Finsternis aufzuhalten. Wie du habe ich die Menschen geprüft und fand unter ihnen nur Feiglinge, die sich vor den Gefesselten tapfer gebärden, und Schwächlinge, die sich vor den Gefangenen erhaben dünken.

Sieh dir diejenigen an, mächtiger König, die nun dein Gefängnis umgeben! Betrachte ihre Gesichter! Du findest in ihren Gesichtszügen, was du früher in der Erscheinung deiner Untertanen und Diener entdecktest: da gibt es welche, die Hasen gleichen, was die Schwäche ihrer Herzen betrifft, andere gleichen Füchsen in ihrer List, und wieder andere sind giftiger als Schlangen; aber es ist keiner unter ihnen, der die Friedfertigkeit des Hasen, die Intelligenz des Fuchses und die Weisheit der Schlange besitzt.

Schau, dieser ist schmutzig wie ein Schwein, aber sein Fleisch ist ungenießbar; jener ist grob wie ein Büffel, aber seine Haut ist unverwertbar; dieser ist dumm wie ein Esel, aber er geht auf zwei Beinen; jener ist unheilverkündend wie ein Rabe, und er verkauft sein Gekrächze im Tempel. Und diese ist gefallsüchtig wie ein Pfau, aber ihr Gefieder ist unecht.

Betrachte diese Paläste, ehrwürdiger Sultan! Es sind Nester, die der Mensch bewohnt. Er rühmt sich der Ornamente ihrer Decken, die ihn vom Sternenhimmel trennen, und der Breite ihrer Mauern, die ihm die Sonnenstrahlen fernhalten. Es sind finstere Hütten, in denen die Blüten der Jugend welken, in denen die Glut der Liebe zu Asche wird und in deren Atmosphäre sich die Bilder der Träume in Rauchsäulen verwandeln. Es sind unterirdische Tunnels, in denen die Wiege des Neugeborenen neben dem Lager des Sterbenden steht und das Brautbett neben der Totenbahre.

Blick auf die breiten Straßen und die engen Gassen, erhabener Gefangener! Es sind gefährliche Pfade, wo sich Räuber und Feinde im Hinterhalt verstecken. Es sind Schlachtfelder zwischen Wünschen und Begierden, auf denen sich die nicht zu vereinbarenden Geister ohne

Schwerter bekämpfen und ohne Raubzähne niederwerfen. Sie sind ein Wald des Schreckens, bewohnt von Tieren, die wie Haustiere erscheinen mit parfümierten Schwänzen und polierten Hörnern. Nach ihren Gesetzen überleben nicht die Fähigsten, sondern die Hinterhältigsten und Listigsten, und ihre Traditionen ermuntern nicht zur Stärke, sondern zu Verstellung und Lüge. Ihre Könige sind keine Löwen wie du, sondern Monster mit dem Schnabel eines Adlers, den Krallen von Hyänen, der Zunge einer Schlange und dem Gequake von Fröschen.

Meine Seele ist bereit, sich für dich zu opfern, gefangener König! Ich bin lange bei dir geblieben und habe lange mit dir gesprochen. Das entthronte Herz tröstet sich beim Anblick entthronter Herrscher, und die gefangene, entfremdete Seele freundet sich mit einem gefangenen König an. Verzeih einem jungen Mann, der die Worte im Munde hin und her wendet, so daß sie ihn vom Essen ablenken und der sich an Ideen wie an einem Getränk berauscht.

Auf Wiedersehen, ehrwürdiger König, und wenn wir uns in dieser seltsamen Welt nicht wiedersehen werden, so doch in einer anderen Welt, in der die Geister der Könige und die der Märtyrer weiterleben.

Der gekreuzigte Jesus

(am Karfreitag geschrieben)

Heute – wie am Karfreitag jeden Jahres – erwacht die Menschheit aus tiefem Schlaf; sie steht vor den Geistern vergangener Zeiten und blickt mit tränenfeuchten Augen zum Berg Golgatha, um Jesus von Nazareth zu sehen, der dort am Kreuzesholz hängt ... Doch wenn die Sonne über den Ereignissen des Tages untergeht, kehrt die Menschheit zu ihren Idolen zurück, die auf den Gipfeln jedes Hügels und am Fuße jedes Berges aufgerichtet sind, und betet sie kniend an.

Heute wenden sich die Christen aus allen Teilen der Welt nach Jerusalem. Sie klopfen an ihre Brust und blicken auf eine mit Dornen gekrönte Gestalt, die ihre Arme vor der Unendlichkeit ausbreitet und vom Tal des Todes aus die Tiefen des Lebens betrachtet ... Doch kaum ist der Vorhang der Nacht auf die Bühne dieses Tages gefallen, da legen die Christen sich im Schatten des Vergessens schlafen und schlüpfen unter die Decke der Unwissenheit und Trägheit.

An diesem Tag verlassen die Philosophen alljährlich ihre dunklen Höhlen, die Denker ihre kalten Einsiedeleien und die Dichter die Weiden ihrer Fantasie, und sie begeben sich auf einen hohen Berg. Sie lauschen schweigend der Stimme eines Jünglings, der zu seinen Mördern sagt: «Vater, vergib ihnen, denn sie wissen nicht, was sie tun!» Kaum hat die Stille die Stimmen des Lichtes verstummen lassen, hüllen die Philosophen, die Denker und Dichter ihre Seelen wieder in das Leichentuch ein, das aus Seiten alter Folianten besteht.

Und die Frauen, die gewöhnlich den Freuden des Lebens zugetan sind und sich gern dem Verschönern und Schmücken ihrer Umgebung widmen, sie verlassen am heutigen Tag ihre Häuser, um die Frau zu sehen, die trauernd vor dem Kreuz steht, zitternd wie ein biegsamer Baum vor den Winterstürmen. Sie nähern sich ihr, um ihre tiefen Seufzer und ihre schmerzliche Klage zu hören.

Und die Jünglinge und jungen Mädchen, die mit dem Strom der Zeit zu unbekannten Zielen schwimmen, halten heute einen Moment inne und schauen auf die junge Magdalena, die mit ihren Tränen die Blutstropfen von den Füßen eines Mannes wäscht, der zwischen Erde und Himmel schwebt... Doch wenn sich ihre Blicke an diesem Schauspiel sattgesehen haben, dann drehen sie sich um und laufen lachend weiter.

Wie am Karfreitag jeden Jahres erwacht die Menschheit mit dem Erwachen der Natur im Frühling und beweint die Schmerzen des Nazaräers, doch dann schließt sie ihre Augenlider wieder und fällt erneut in tiefen Schlaf. Der Frühling aber bleibt wach; fröhlich läuft er weiter, bis er zum Sommer wird mit goldenen Gewändern und duftenden Schleppen.

Die Menschheit ist eine Frau, die sich am Beklagen und Beweinen der Helden ergötzt. Wäre sie ein Mann, dann erfreute sie sich an ihrer Größe und an ihrem Ruhm.

Die Menschheit ist ein kleines Mädchen, das neben einem toten Vogel steht und schluchzt; das Mädchen fürchtet sich vor dem schrecklichen Sturm, der auf seinem Weg die toten Zweige knickt und alles Verwesende kraftvoll wegfegt.

Die Menschheit sieht Jesus von Nazareth, wie er armselig geboren wurde, im Elend lebte, wie alle Schwachen verachtet war und schließlich als Verbrecher gekreuzigt wurde. Darum beweint und beklagt sie ihn; und das ist alles, was sie tut, um ihn zu ehren.

Seit neunzehn Jahrhunderten betet die Menschheit in der Person Jesu die Schwachheit an. Jesus aber war stark; doch sie verstehen die wirkliche Stärke nicht.

Jesus lebte weder in Furcht und Elend noch starb er, indem er sich über seine Schmerzen beklagte. Jesus lebte als Rebell, wurde als solcher gekreuzigt und starb als Rebell.

Jesus war kein Vogel mit gebrochenen Flügeln, sondern ein gewaltiger Sturm, der alle gekrümmten Flügel bricht, wenn er sich erhebt.

Jesus kam nicht aus der blauen Abenddämmerung, um das Leid zum Symbol des Lebens zu machen, vielmehr kam er, um aus dem Leben ein Symbol der Wahrheit und der Freiheit zu machen.

Jesus hatte keine Angst vor seinen Verfolgern und fürchtete seine Feinde nicht. Seine Mörder konnten ihm keinen Schmerz zufügen. Frei blickte er in alle Augen, die sich auf ihn richteten, und mutig trat er aller Unterdrückung und Tyrannei entgegen. Er sah die häßlichen Geschwüre der Menschheit und heilte sie; er hörte das Böse reden und brachte es zum Schweigen, und er stellte die Heuchelei bloß.

Jesus ist nicht herabgestiegen aus dem höchsten Lichtkreis, um Häuser abzureißen und aus ihren Steinen Klöster und Kirchen zu bauen oder um starke Männer zu motivieren, Priester und Mönche zu werden; er kam, um einen neuen, starken Geist in diese Welt zu senden, der imstande ist, die Throne zu stürzen, die auf Totenschädeln errichtet wurden, und die Schlösser zu zerstören, die auf Gräbern gebaut wurden, und die Götzen zu entmachten, welche die Armen und Schwachen ausbeuten.

Jesus ist nicht in diese Welt gekommen, um die Menschen zu lehren, hochaufragende Kirchen und gewaltige Tempel neben kleinen Hütten und engen Häusern zu errichten, sondern er kam, um die Herzen der Menschen zu Tempeln zu machen, ihre Seelen zu einem Altar und ihren Geist zum Priester.

Das ist es, was Jesus von Nazareth tat, und das sind die Prinzipien, für die er sich kreuzigen ließ. Wenn die Menschen weise wären, so wären sie am heutigen Tag glücklich und froh, und sie würden Hymnen der Freude und des Sieges anstimmen.

Du, mächtiger Gekreuzigter, der du von der Höhe Golgathas aus den Reigen der Jahrhunderte betrachtest, den Lärm der Nationen hörst und die Träume der Ewigkeit vernimmst, während du blutbefleckt am Holz des Kreuzes hängst, du bist erhabener und würdiger als tausend Könige auf tausend Thronen in tausend Königreichen. Du bist zwischen deiner Agonie und deinem Tod mächtiger als tausend Heerführer in tausend Armeen auf tausend Schlachtfeldern. Du bist in deiner Betrübnis heiterer als der Frühling mit seinen Blumen, du bist mit deinen Schmerzen sanfter als die Engel im Himmel, und zwischen deinen Henkern bist du freier als das Sonnenlicht.

Die Dornenkrone auf deinem Kopf ist ehrenvoller und prächtiger als die Krone von Bahram, der Nagel in deiner Handfläche ist kostbarer als das Szepter Jupiters, und die Blutstropfen auf deinen Füßen leuchten strahlender als die Rubine Astartes!

Verzeih den Schwachen, die dich beweinen! Sie wissen

nicht, daß sie über sich selber weinen sollten. Verzeih ihnen, denn sie wissen nicht, daß du durch deinen Tod den Tod besiegt hast und daß du denjenigen, die in den Gräbern lagen, durch deinen Tod das Leben geschenkt hast.

Am Tor des Tempels

Um von der Liebe zu sprechen, habe ich meine Lippen mit heiligem Feuer gereinigt, und als ich sie öffnen wollte, blieb ich stumm.

Bevor ich die Liebe kannte, besang ich sie in meinen Liedern; als ich sie kennengelernt hatte, lösten sich die Melodien in Luft auf, und die Worte verstummten.

Früher habt ihr mich nach den Wundern der Liebe gefragt, und ich wurde nicht müde, sie euch zu beschreiben. Jetzt, da die Liebe mich mit ihrer Schleppe berührte, erkundige ich mich bei euch nach ihren Wegen: Gibt es jemanden unter euch, der mir sagen kann, was mir geschehen ist? Gibt es jemanden, der fähig ist, mir die Wandlung meines Wesens zu erläutern?

Sagt mir, was ist das für eine Flamme, die in meinem Herzen lodert und meine Kräfte aufzehrt?

Was sind das für verborgene Hände, die meinen Geist in den Stunden der Einsamkeit sanft und fest zugleich erfassen und ihm einen Wein reichen, der vermischt ist mit der Bitterkeit der Lust und der Süße der Schmerzen?

Welche Flügel schweben in der Stille der Nacht über meinem Lager und wecken mich, damit ich beobachte, was ich nicht kenne, belausche, was ich nicht höre, betrachte, was ich nicht sehe, fühle, was ich nicht begreife, und nachdenke über das, was ich nicht verstehe? Dann seufze ich, und in meinen Seufzern empfinde ich Qualen, die mir süßer erscheinen als der Klang von Gelächter und Fröhlichkeit. Ich überlasse mich einer unsichtbaren Kraft, die mich sterben und auferstehen läßt, bis das Morgenrot anbricht und sein Licht alle Winkel meines Zimmers erhellt. Dann schlafe ich ein, und unter meinen schweren Lidern tanzen die Schatten des Erwachens, und auf mein Bett aus Stein senken sich die Phantome der Träume.

Was ist es, was wir Liebe nennen? Erzählt mir, was dieses verborgene Geheimnis ist, das sich sowohl hinter den sichtbaren Dingen als auch im Innern des Seins verbirgt?

Was ist diese absolute Idee, die sich als Grund aller Folgen und als Ergebnis aller Gründe erweist?

Was für ein Erwachen ist das, welches den Tod und das Leben zugleich erfaßt und es verwandelt in einen Traum, der wunderbarer ist als das Leben, tiefer und geheimnisvoller als der Tod?

Erzählt mir, ihr Menschen, ob es jemanden unter euch gibt, der nicht aus dem Schlaf des Lebens erwacht, wenn die Liebe seinen Geist mit Fingerspitzen berührt?

Gibt es jemanden unter euch, der nicht Vater und Mutter verläßt und seine Heimat aufgibt, wenn ihn das junge Mädchen ruft, das er liebt?

Gibt es jemanden unter euch, der nicht Berge und Täler, Meere und Wüsten überwindet, um der Frau zu begegnen, die seine Seele erwählt hat?

Ja, welcher Jüngling folgte seinem Herzen nicht bis ans Ende der Welt, wenn ihn dort eine Geliebte erwartet, deren Duft ihn bezaubert, deren Stimme ihn entzückt und deren Händedruck ihn beglückt?

Welcher Mensch verbrennt seine Seele nicht als Weihrauch vor einem Gott, der auf seine Bitten hört und sein Flehen erhört?

*

Gestern stand ich am Tor des Tempels und fragte die Vorübergehenden nach den Geheimnissen und den Merkmalen der Liebe.

Da kam ein erwachsener Mann von schlanker Gestalt und mit finsterem Blick an mir vorbei und sagte seufzend: «Die Liebe ist eine angeborene Schwäche, die wir vom ersten Menschen geerbt haben.»

Ein kräftiger junger Mann ging vorüber und sagte schwärmend: «Die Liebe ist eine Macht, die unzertrennlich mit unserem Wesen verbunden ist; sie verknüpft unsere Gegenwart mit Generationen der Vergangenheit und der Zukunft.»

Eine Frau mit traurigen Augen sagte seufzend: «Die Liebe ist ein tödliches Gift, ausgeatmet von schwarzen Schlangen, die sich in den Höhlen der Hölle befinden. Sie verströmen ihr Gift in die Atmosphäre, mit den Tautropfen fällt es vom Himmel herab, und die durstigen Seelen trinken es begierig; dann sind sie eine Minute lang trunken, ein Jahr lang wach und eine Ewigkeit tot.»

Die nächste Passantin war ein junges Mädchen mit rosigen Wangen. Sie sagte lächelnd: «Die Liebe ist ein Elixier, das die Nymphen der Morgenröte in starke Seelen ausgießen, und es bewirkt, daß diese sich ehrfürchtig erheben vor dem Planeten der Nacht und singend vor der Sonne des Tages schweben.»

Ein Mann in schwarzem Gewand und mit langem Bart ging vorüber und sagte mürrisch: «Die Liebe ist eine blinde Torheit, die sich in jugendlichem Alter einstellt und mit dem Ende der Jugend aufhört.»

Danach kam ein Mann mit fröhlichem Gesicht und strahlenden Augen vorbei und sagte heiter: «Die Liebe ist ein himmlisches Wissen, das unseren Verstand erhellt und uns die Dinge so sehen läßt, wie die Götter sie sehen.»

Dann näherte sich ein Blinder, indem er den Boden mit seinem Stock abtastete. Er sagte schluchzend: «Die Liebe ist ein dichter Nebel, der die Seele von allen Seiten umgibt und die Bilder der Realität vor ihr verhüllt; so sieht sie nichts außer den Geistern ihrer Neigung und hört nichts außer dem Echo ihrer Schreie, das aus der Tiefe des Tales dringt.»

Ein Jüngling mit seiner Gitarre kam als nächster vorüber und sprach: «Die Liebe ist ein magischer Lichtstrahl, der aus den Tiefen des Gefühls hervorbricht und sein ganzes Umfeld erhellt; auf diese Weise erlebt man die Welt als einen Reigen, der durch grüne Wiesen zieht, und das Leben als einen schönen Traum, den man zwischen zwei Phasen der Schlaflosigkeit träumt.»

Ein Greis mit gebeugtem Rücken schleppte sich vorbei, indem er seine Füße wie zwei Lumpen über die Erde schleifte, und er sagte zitternd: «Die Liebe ist die Ruhe des Körpers in der Stille des Grabes und der Friede der Seele in den Tiefen der Ewigkeit.»

Als nächster kam ein fünfjähriger Junge vorbei. Er rief lachend: «Die Liebe, das ist mein Vater und das ist meine Mutter; nur mein Vater und meine Mutter kennen die Liebe.»

Die Menschen, die im Laufe des Tages am Tempel vorübergingen, stellten sich selber dar, indem sie über die Liebe sprachen. Sie enthüllten ihre eigenen Wünsche und Begehren, während sie über das Geheimnis des Lebens nachdachten.

Und als der Tag zur Neige ging und sich niemand mehr auf der Straße zeigte, hörte ich eine Stimme aus dem Innern des Tempels dringen:

«Das Leben besteht aus zwei Hälften:
einer gefrorenen und einer entflammten;
die Liebe ist die entflammte Hälfte.»
Da trat ich in den Tempel, kniete nieder und flehte:
«Herr, mache mich zur Nahrung dieser Flamme!
Mache aus mir eine Speise für das heilige Feuer!
Amen!»

O Nacht

Nacht der Liebenden, der Dichter und der Sänger!
Nacht der Phantome, der Geister und der Visionen!
Nacht der Sehnsucht, der Leidenschaft und der Erinnerung!
Du Mächtige, hochaufragend zwischen den Wolken
der Abenddämmerung und den Nymphen der Morgenröte, umgürtet mit dem Schwert des Schreckens,
vom Mond gekrönt und eingehüllt in das Gewand des
Schweigens. Mit tausend Augen blickst du in die Tiefen
des Lebens, und mit tausend Ohren lauschst du den
Seufzern des Todes und des Nichts.
Du bist die Finsternis, die uns die Gestirne des Himmels
heller sehen läßt, während der Tag ein Licht ist, das uns
die Finsternis der Erde verhüllt.
Du bist die Hoffnung, die uns mit Ehrfurcht vor der
Ewigkeit erfüllt, während der Tag eine Täuschung ist,
die uns wie Blinde in eine Welt der Mengen und Maße
versetzt.
Du bist die Ruhe, die durch ihr Schweigen die Geheimnisse der in den Höhen der Atmosphäre schwebenden
Geister enthüllt, während der Tag Betriebsamkeit ist,
die durch ihre Triebkräfte die Geister erregt.
Du bist gerecht, denn du vereinst unter den Schwingen
des Schlummers die Träume der Schwachen mit den
Wünschen der Starken; du bist auch gütig, denn du
schließt mit deinen unsichtbaren Fingern die Lider der
Unglücklichen und trägst ihre Herzen in eine Welt, die
weniger grausam ist als diese.

In die Falten deines dunkelblauen Kleides verströmen die Liebenden ihre Seufzer, auf deine taubenetzten Füße vergießen die Einsamen ihre Tränen. Und in deine Handflächen, die nach dem Aroma der Täler duften, schluchzen die Fremden ihr Heimweh. Du bist die Vertraute der Liebenden, die Begleiterin der Einsamen und die Freundin der Fremden.

Unter deiner Obhut verströmen die Dichter ihre Gefühle, auf deinen Schultern erwachen die Herzen der Propheten, und in deinen Haarflechten entfalten sich die Talente der Denker. Du bist die Eingebung der Dichter, die Inspiration der Propheten und die Anregung der Denker.

*

Jedes Mal, wenn meine Seele der Menschen überdrüssig ist und meine Augenlider ermüdet sind vom Anblick der Tage, wandere ich zu den entlegenen Feldern, wo die Geister vergangener Zeiten schlafen.

Dort halte ich an vor einem finsteren Geschöpf, das sich mit tausend Füßen über Berge und Täler fortbewegt.

Ich blicke der Finsternis in die Augen, lausche dem Rascheln unsichtbarer Flügel, fühle die Berührung des Gewandes der Stille und bezwinge meine Angst vor der Finsternis.

Dann sehe ich dich, o Nacht, gewaltig und schön zwischen Himmel und Erde aufgerichtet, eingehüllt in Wolken und umgürtet mit Nebel, den Tag belächelnd, die Sonne verspottend und die Sklaven verhöhnend, die vor ihren Götzen Wache halten. Du zürnst den Königen, die auf Seide und Brokat ruhen, blickst den Dieben tadelnd ins Gesicht und behütest den Schlaf der Kinder. Du weinst über das Lächeln der Dirnen und lächelst über die Tränen der Verliebten. Mit deiner Rechten erhebst du die großmütigen Herzen, und mit deinen Füßen zertrittst du die Kleinmütigen.

Ich sehe dich, o Nacht, und du siehst mich. In deiner Angst um mich bist du mir wie ein Vater, und ich bin in meinen Träumen für dich ein Sohn. Der Vorhang der Förmlichkeit zwischen uns ist zerrissen, und die Schleier des Zweifels sind von unseren Gesichtern gefallen. Du enthüllst mir deine Absichten, und ich entdecke dir meine Wünsche und Hoffnungen. Dein Schrecken verwandelt sich in eine Melodie, die süßer ist als das Geflüster der Blumen, und meine Furcht verwandelt sich in trauliche Mitteilsamkeit, die köstlicher ist als das Gezwitscher der Vögel. Du hebst mich zu dir empor und setzt mich auf deine Schultern. Du lehrst meine Augen zu schauen, meine Ohren zu hören, meine Lippen zu sprechen, und mein Herz leitest du an zu lieben, was die Menschen hassen, und zu hassen, was die Menschen lieben.

Mit deinen Fingerspitzen berührst du meine Gedanken, und sie strömen wie Sturzbäche, die das welke Laub fortspülen. Dann berührst du mit deinen Lippen meine Seele, und sie entflammt zu einer Fackel, die alle vertrocknete Vegetation verzehrt.

Ich habe dich begleitet, o Nacht, bis ich dir ähnlich wurde, ich leistete dir Gesellschaft, bis sich meine Neigungen den deinen anglichen, und ich habe dich geliebt, bis sich meine Seele in ein Spiegelbild deines Wesens verwandelte.

Am Abend streut die Leidenschaft leuchtende Sterne in meine dunkle Seele, welche die Sorge am Morgen auslöscht, und in meinem Herzen scheint ein Mond, der einmal von Wolken verhüllt ist und einmal den Reigen meiner Träume anstrahlt. In meinem wachen Geist herrscht eine Stille, welche die Geheimnisse der Liebenden enthüllt und das Echo der Gebete der Frommen weiterträgt. Und auf meinem Kopf liegt eine Zauberkrone, die der Todeskampf zerbricht und die das Lied der Jugend wieder zusammenfügt.

Ich bin wie du, o Nacht. Die Menschen halten mich für anmaßend, wenn ich mich mit dir vergleiche; sie selber vergleichen sich mit dem Feuer, wenn sie sich rühmen wollen.

Ich bin wie du, o Nacht. Uns beide verdächtigt man zu sein, was wir nicht sind.

Ich bin wie du, o Nacht, auch wenn der Sonnenuntergang mich nicht mit goldenen Wolken krönt.

Ich bin wie du, auch wenn das Morgenrot meine Schleppe nicht mit rosenfarbenen Strahlen ziert.

Ich bin wie du, auch wenn keine Galaxis mich umgürtet.

Ich bin eine stille Nacht. Meine Dunkelheit hat keinen Anfang und meine Tiefe kein Ende. Wenn die Seelen sich erheben und sich des Lichtes ihrer Freuden rühmen, so erhebt sich meine Seele, gefestigt im Dunkel ihres Kummers.

Ich bin wie du, o Nacht, mein Morgen erscheint erst am Ende meines Lebens.

Die bezaubernde Fee

Wohin führst du mich, bezaubernde Fee?
Bis wann soll ich dir auf diesem unwegsamen Pfad folgen, der sich zwischen Felsen dahinschlängelt, unsere Schritte nach oben führend und unsere Seelen in die Tiefen lenkend?
Ich hielt mich fest an deiner Schleppe und folgte dir wie ein Kind seiner Mutter. Ich versuchte, meine Träume zu vergessen, indem ich gebannt auf deine Schönheit blickte. Ich stellte mich blind gegenüber dem Reigen der Geister, die um meinen Kopf kreisten, angezogen von der Kraft deines Körpers.
Halt eine Weile inne, damit ich dein Gesicht sehe! Schau mich an, vielleicht entdecke ich in deinen Augen die Geheimnisse deiner Seele und erkenne in deinen Gesichtszügen, was dein Herz verbirgt.
Halt ein wenig an, bezaubernde Fee! Das Laufen hat mich ermüdet, und ich zittere noch am ganzen Leib angesichts der Gefahren des Weges. Halt an, denn wir haben schon den Abschnitt des Weges erreicht, wo der Tod das Leben umfängt. Ich gehe keinen Schritt weiter, bevor du mir nicht deine Absichten verrätst und mir anvertraust, was sich in deinem Herzen verbirgt.

*

Hör zu, bezaubernde Fee! Gestern war ich noch ein freier Vogel, der am Firmament schwebte und Flüsse und Bäche auf ihrem Weg begleitete; ich setzte mich auf einen Zweig und betrachtete die Schlösser und Tempel in der Stadt der Wolken, deren Farben beim Abendrot leuchteten und beim Sonnenuntergang verlöschten. Ich war wie ein Gedanke, der sich einsam von Osten zum Westen der Erde fortbewegte, erfreut über die Schönheiten und Gaben des Lebens und auf der Suche nach den Geheimnissen des Daseins.

Ich war wie ein Traum, der unter den Flügeln der Nacht dahinglitt. Durch Fensterspalten drang ich in die Stuben schlafender Jungfrauen ein und spielte mit ihren Wünschen, dann begab ich mich ans Lager der Jünglinge und entfachte ihre Gefühle, und am Lager der Greise brachte ich ihre Gedanken ans Licht.

Heute aber, nachdem ich dich getroffen habe, bezaubernde Fee, und nachdem ich mich beim Küssen deiner Hand vergiftet habe, heute bin ich wie ein Gefangener, der seine Ketten hinter sich herzieht zu einem Ziel, das ich nicht kenne. Ich gleiche einem Betrunkenen, der immer mehr verlangt von dem Wein, der mich meines Willens beraubt hat, und ich küsse die Hand, die mich geohrfeigt hat.

*

Halt ein Weile inne, bezaubernde Fee, denn allmählich kehrt meine Kraft zurück. Ich habe die Ketten zerrissen, die meine Füße verletzten und das Glas zerbrachen, aus dem ich das süße Gift getrunken habe. Was hast du mit mir vor, welchen Weg sollen wir einschlagen?

Ich habe meine Freiheit wiedergefunden. Akzeptierst du mich als freien Begleiter, der mit offenen Augen in die Sonne blickt und mit Fingern, die nicht zittern, das Feuer berührt?

Ich habe meine Flügel wieder entfaltet. Bist du bereit, einen Jüngling zu begleiten, der die Tage damit zubringt, sich im Gebirge wie ein Adler emporzuschwingen und die Nächte wie ein Löwe schlummernd in der Wüste zu verbringen?

Begnügst du dich mit der Liebe eines Mannes, dem Liebe Vertrauen bedeutet und nicht Beherrschung?

Genügt dir die Zuwendung eines Herzens, das liebt, ohne sich zu unterwerfen, und das brennt, ohne sich zu verzehren?

Kannst du Gefallen finden an der Liebe einer Seele, die vor dem Sturm zittert, aber nicht zerbricht, und die mit dem Orkan rebelliert, aber sich nicht entwurzeln läßt?

Bist du einverstanden mit einem Begleiter, der niemanden unterjocht und sich nicht unterjochen läßt?

Dann nimm diese Hand in deine schöne Hand, umarme meinen Körper mit deinen sanften Armen und küsse meinen Mund in einem langen, stummen Kuß!

Vor dem Selbstmord

Gestern noch saß in diesem stillen Raum die Frau, die mein Herz liebt. An dieses weiche, rosenfarbene Polster lehnte sie ihren schönen Kopf, und aus diesem Kristallglas trank sie einen Schluck Wein, vermischt mit Blütenextrakt.

All dies geschah gestern, und das Gestern ist ein Traum, der nicht zurückkehrt!

Heute reiste die Frau, die mein Herz liebt, zu einer fernen, unbewohnten Erde, die man das Land des Vergessens und der Leere nennt.

Die Fingerabdrücke der Frau, die mein Herz liebt, zeigen sich an meinem Spiegel, ihr Duft befindet sich noch in den Falten meines Gewandes, und das Echo ihrer Stimme lebt fort in den Winkeln dieses Hauses.

Doch die Frau selber, die Frau, die mein Herz liebt, ist zu einem fernen Ort aufgebrochen, den man das Tal der Trennung und des Vergessens nennt.

Ihre Fingerabdrücke, ihr Parfüm und das Echo ihrer Stimme bleiben in diesem Raum – bis morgen früh.

Dann werde ich die Fenster des Hauses den Wellen des Windes öffnen, damit sie fortspülen, was die schöne Zauberin mir hinterließ.

Über meinem Bett hängt das Bild der Frau, die mein Herz liebt. Die Liebesbriefe, die sie mir schrieb, liegen noch in dem silbernen Kästchen, das mit Smaragden und Korallen besetzt ist. Und die goldene Haarlocke, die sie mir zur Erinnerung überließ, befindet sich in dem Umschlag aus Seide, der mit Moschus und Weihrauch getränkt ist. All diese Dinge bleiben bis morgen früh an ihrem Platz. Und wenn der Morgen anbricht, öffne ich die Fenster meines Hauses dem Wind, der alles mitnehmen wird in die Finsternis, wo stummes Schweigen herrscht.

Die Frau, die mein Herz liebt, gleicht den Frauen, die eure Herzen lieben. Sie ist eine wunderbare Kreatur, geschaffen von den Göttern aus der Sanftheit der Taube, der Klugheit der Schlange, dem Stolz des Pfaus, der Angriffslust des Wolfes, der Schönheit einer weißen Rose und dem Schrecken der schwarzen Nacht – aus einer Handvoll Asche und einer Handvoll Meeresschaum.

Die Frau, die mein Herz liebt, lernte ich in meiner Kindheit kennen. Ich lief hinter ihr her auf die Felder und hielt mich an ihrem Rocksaum fest. Sie begleitete mich in meiner Jugendzeit: ich sah den Schatten ihres Gesichts in den Büchern, die ich las, ihre Gestalt in den Wolken des Himmels, und im Rauschen der Flüsse vernahm ich die Melodie ihrer Stimme. Als Erwachsener suchte ich ihre Nähe auf und breitete vor ihr die Geheimnisse meiner Seele aus.

All das geschah gestern, und das Gestern ist ein Traum, der nicht zurückkehrt. Heute ist diese Frau aufgebrochen zu einer fernen Erde, die man die Erde der Trennung und des Vergessens nennt.

＊

Der Name der Frau, die mein Herz liebt, ist «Leben». Das Leben ist eine bezaubernde, schöne Frau, die unsere Herzen an sich zieht. Sie betört unseren Geist und hält uns mit Versprechungen hin, die unsere Geduld auf die

Folter spannen, wenn sie sich nicht erfüllen, und uns schließlich verdrießen, wenn sie sich erfüllen.

Das Leben ist eine Frau, die sich in den Tränen ihrer Liebhaber badet und mit dem Blut ihrer Opfer einbalsamiert.

Das Leben ist eine Frau im Gewand weißer Tage, das gefüttert ist mit schwarzen Nächten.

Das Leben ist eine Frau, die das Herz des Menschen als Liebhaber begehrt, doch als Ehegefährten verwehrt.

Das Leben ist eine Frau, deren Schönheit uns verführt; wer ihre Verführungskunst durchschaut, haßt ihre Schönheit.

Meine Landsleute

Was verlangt ihr von mir, meine Landsleute?
Wollt ihr, daß ich euch Luftschlösser aus leeren Versprechungen baue oder Tempel aus Träumen?
Soll ich zerstören, was Lügner und Feiglinge erbaut haben, und niederreißen, was Heuchler und Tyrannen errichteten?
Was soll ich tun, meine Landsleute?

Soll ich wie eine Taube gurren, um euch zu gefallen, oder, um mir zu gefallen, wie ein Löwe brüllen? Ich habe für euch gesungen, und ihr habt nicht getanzt. Ich habe Klagen angestimmt, doch ihr habt nicht geweint. Wollt ihr vielleicht, daß ich gleichzeitig singe und klage?
Eure Seelen leiden Hunger, obgleich das Brot des Wissens reichlicher vorhanden ist als die Steine des Tales, aber ihr eßt nicht. Und eure Herzen verdursten, obwohl die Quellen des Lebens wie Ströme um eure Häuser fließen, doch ihr trinkt nicht.
Das Meer hat seine Ebbe und Flut. Der Mond erscheint einmal als Sichel und einmal in seiner Fülle. Das Jahr hat seinen Sommer und seinen Winter. Die Wahrheit aber verändert sich nicht; sie nimmt weder zu noch ab und vergeht nicht. Warum versucht ihr, das Gesicht der Wahrheit zu entstellen?
Ich rief euch in der Stille der Nacht, um euch die Schönheit des Vollmonds zu zeigen und die Pracht der Sterne. Erschrocken seid ihr aufgestanden, habt eure Schwerter

ergriffen und geschrien: «Wo ist der Feind, damit wir ihn niederschlagen!»

Am nächsten Morgen, als der Feind mit Pferden und Reitern anrückte, rief ich euch erneut. Ihr aber seid nicht aufgewacht, sondern kämpftet mit den Phantomen eurer Träume.

Ich lud euch ein: «Kommt, steigen wir auf die Gipfel der Berge, dort zeige ich euch die Königreiche der Welt!» Eure Antwort war: «Unsere Väter und Vorväter lebten in den Tiefen dieses Tales; sie starben in seinem Schatten und wurden in seinen Höhlen begraben. Wie sollen wir diesen Ort verlassen und dahin gehen, wohin sie niemals gelangt sind?»

Ich sagte: «Kommt, gehen wir in die Ebene hinaus! Ich zeige euch die Goldminen und Schätze der Erde!» Ihr entgegnetet furchtsam: «In der Ebene lauern Diebe und Straßenräuber.»

Ich schlug vor: «Kommt, gehen wir an die Küste, wo das Meer seine Schätze verteilt!» Ihr gabt mir zur Antwort: «Das Tosen des Meeres jagt uns Angst ein, und sein Abgrund entsetzt uns zu Tode!»

*

Ich habe euch geliebt, meine Landsleute. Diese Liebe war schädlich für mich und ohne Nutzen für euch. Heute hasse ich euch, und der Haß ist eine Flut, die das trockene Geäst hinwegspült und morsche Mauern zerstört. Ich empfand Mitleid mit eurer Schwäche, doch mein Mitleid vermehrte die Zahl der Schwachen und vergrößerte den Anteil der Müßiggänger, ohne dem Leben zu nutzen. Heute schaue ich mit Verachtung auf diese Schwachheit.

Ich weinte über eure Erniedrigung und Schmach. So reichlich meine Tränen auch flossen, sie vermochten es nicht, euch zu läutern, doch sie entfernten den Schleier von meinen Augen. Heute lache ich über euch, und mein Lachen ist ein dröhnender Donner, der dem Sturm vorausgeht.

Was verlangt ihr von mir, meine Landsleute? Soll ich euch das Spiegelbild eurer Gesichter auf der ruhigen Oberfläche eines stehenden Wassers zeigen? Kommt nur, und seht, wie häßlich eure Gesichter sind!

Kommt und seht euch an! Die Angst färbte euer Haar grau wie Asche, und die Schlaflosigkeit machte eure Augen zu dunklen Höhlen; die Feigheit berührte eure Wangen, und sie gleichen einem zerknitterten Stofffetzen; der Tod küßte eure Lippen, und sie wurden fahl wie Blätter im Herbst.

Was verlangt ihr von mir, meine Landsleute, oder was verlangt ihr vom Leben, wenn es euch noch zu seinen Kindern zählt?

Eure Seelen zappeln im Griff der Priester und Scharlatane, und eure Körper zittern zwischen den Raubzähnen der Tyrannen. Eure Erde bebt unter den Stiefeln der Feinde und Eroberer. Was erhofft ihr, die ihr im Angesicht der Sonne steht? Eure Schwerter sind verrostet, eure Speerspitzen abgebrochen und eure Schilde schlammbedeckt! Was macht ihr noch auf dem Schlachtfeld?

Eure Religion ist Heuchelei, euer Leben Anmaßung und euer Ende Staub. Wozu lebt ihr noch, wo doch der Tod die Ruhe ist?

*

Das Leben ist Entschlossenheit in der Jugend, Fleiß der Erwachsenen und Weisheit im Alter. Ihr aber wurdet als Greise geboren mit geschrumpften Köpfen und runzliger Haut, ihr benehmt euch wie Kinder, die sich mit Schlamm bespritzen und mit Steinen bewerfen.

Die Menschheit ist ein kristallklarer Strom, der singend dahinfließt und die Geheimnisse der Berge in die Tiefen des Meeres trägt. Ihr aber, meine Landsleute, seid abschreckende Sümpfe mit Insekten im Innern und Schlangen an den Ufern.

Die Seele ist eine heilige, blaue Flamme, die vom Sturm angefacht und vom Antlitz der Götter erleuchtet wird.

Aber eure Seelen, meine Landsleute, sind Asche, die der Wind auf den Schnee weht und der Sturm ins Tal treibt.

Ich hasse euch, meine Landsleute, weil ihr Ehre und Größe mißachtet.

Ich verachte euch, weil ihr euch selbst nicht achtet!

Ich bin euer Feind, weil ihr – ohne es zu wissen – Feinde der Götter seid.

Wir und ihr

Wir sind die Kinder der Trauer, und ihr seid die Kinder der Fröhlichkeit.

Wir sind die Kinder der Trauer, und die Trauer ist der Schatten Gottes, der sich in der Nähe bösartiger Herzen nicht niederläßt. Wir sind traurig, und unsere Trauer ist so groß, daß kleinmütige Herzen sie nicht fassen. Wir weinen und klagen, während ihr lacht; unsere Tränen waschen uns rein bis zum Ende der Zeiten.

Ihr kennt uns nicht, aber wir kennen euch. Ihr lauft geschwind mit dem Strom des Lebens und blickt euch nicht nach uns um; wir sitzen am Ufer, hören euch und schauen euch zu. Ihr vernehmt unsere Klagen nicht, denn der Lärm verstopft eure Ohren; wir aber hören eure Lieder, weil das Flüstern der Nächte unser Gehör geschärft hat. Wir sehen euch, ihr steht im Licht; ihr könnt uns nicht sehen, weil wir im Dunkel sitzen.

Wir, die Kinder der Trauer, sind Propheten, Dichter und Musiker. Wir weben mit den Fasern unserer Herzen das Gewand der Götter, und mit den Samenkörnern unserer Herzen füllen wir die Hände der Engel.

Ihr seid die Kinder der Sorglosigkeit und des Frohsinns, ihr wacht an den Plätzen der Geselligkeit. Ihr legt eure Herzen in die Hände der Unbekümmertheit, denn deren Fingerdruck ist sanft; ihr laßt euch nieder im Haus der Unwissenheit, denn es enthält keinen Spiegel, in dem ihr eure Gesichter sehen könnt.

Wir seufzen, und mit unseren Seufzern vermischt sich das Flüstern der Blumen, das Rascheln der Zweige und das Rauschen der Flüsse. Ihr lacht, und euer Gelächter vereint sich mit dem Zermalmen von Knochen, dem Rasseln von Ketten und dem Geheul des Abgrunds.

Wir weinen, und unsere Tränen fallen ins Herz des Lebens, wie Tau aus den Lidern der Nacht ins Herz des Morgens tropft. Ihr lächelt, und aus den Winkeln eures lächelnden Mundes ergießt sich Spott wie Schlangengift in eine offene Wunde. Wir weinen, denn wir sehen das Elend der Witwe und die Not des Waisen. Ihr lacht, denn ihr seht das Leuchten des Goldes. Wir weinen, denn wir hören das Stöhnen des Armen und den Schrei des Unterdrückten. Ihr lacht, denn ihr hört das Anstoßen mit gefüllten Pokalen. Wir weinen, denn unsere Seelen sind von Gott getrennt durch unseren Körper. Ihr lacht, denn eure Körper schmiegen sich fest an die Erde.

*

Wir sind die Kinder der Trauer, und ihr seid die Kinder der Fröhlichkeit. Laßt uns die Ergebnisse unserer Trauer und die Werke eurer Fröhlichkeit im Angesicht der Sonne vergleichen:

Ihr bautet die Pyramiden auf den Knochen der Sklaven, doch sie stehen auf Sand und erzählen den Jahrhunderten von eurer Vergänglichkeit und unserer Unsterblichkeit. Wir zerstörten die Bastille mit unseren nackten Armen, und die Nationen sprechen von der «Bastille», indem sie uns segnen und euch verfluchen.

Ihr habt die Gärten von Babel über den Tempeln der Schwachen errichtet und die Schlösser von Ninive auf den Gräbern der Armen. Und siehe, Babel und Ninive wurden ausgelöscht wie die Fußspuren der Kamele im Sand der Wüste. Wir meißelten das Bild Astartes in Marmor, und zwar so, daß der Marmor zu beben scheint, obgleich er regungslos ist, und daß er zu sprechen scheint, obgleich er stumm ist. Wir spielten Nahawand auf den Saiten der Harfe, und die Geister der Liebenden, die im Raum schweben, fühlten sich angezogen durch diese Melodien; wir malten die Gottesmutter so, daß die Linien zu göttlichen Gedanken wurden und die Farben zu himmlischen Gefühlen.

Ihr sucht die Plätze der Unterhaltung und Zerstreuung auf, und auf diesen Plätzen wurden Tausende Märtyrer von Tieren zerrissen in den Amphitheatern von Rom und Antiochien. Wir ziehen uns in die Stille zurück, und die Finger der Stille schufen Werke wie die Ilias, das Buch Hiob und die große Tayyat[1].

Ihr bettet euch neben die Leidenschaft, und die Stürme der Leidenschaft haben Tausende Frauenseelen an den Abgrund der Schande getrieben. Wir umarmen die Einsamkeit, und im Schatten der Einsamkeit entstanden Werke wie die Mu'allaqat[2], die Tragödie von Hamlet und Dantes Göttliche Komödie.

Ihr wacht mit dem Ehrgeiz, und die Schwerter des Ehrgeizes ließen Tausende Flüsse von Blut fließen. Wir halten Nachtwache mit der Fantasie, und die Hände der Fantasie holen himmlisches Wissen aus dem göttlichen Lichtkreis.

✻

Wir sind die Kinder der Trauer, und ihr seid die Kinder der Fröhlichkeit. Zwischen unserer Trauer und eurer Fröhlichkeit gibt es nur schmale, unzugängliche Pfa-

[1] Arabische Dichtung, bei der jede Zeile auf «T» endet.
[2] Vorislamische arabische Dichtung.

de, die eure wohlgenährten Pferde nicht begehen und eure schönen Karossen nicht befahren können. Wir empfinden Mitleid mit eurer Anspruchslosigkeit, und ihr verachtet unsere Größe; doch zwischen unserem Mitleid und eurer Verachtung bleibt die Zeit verwirrt stehen.

Wir kommen euch als Freunde entgegen, aber ihr überfallt uns wie Feinde; zwischen der Freundschaft und der Feindschaft liegt ein tiefer Graben, angefüllt mit Tränen und Blut.

Wir bauen euch Schlösser, und ihr grabt uns Gräber; zwischen der Schönheit der Schlösser und der Dunkelheit des Grabes bewegt sich die Menschheit mit schweren Schritten.

Wir streuen Rosen auf euren Weg, und ihr bedeckt unser Lager mit Dornen; zwischen den Blütenblättern der Rosen und ihren Dornen liegt die Wahrheit in tiefem Schlaf.

Von Anbeginn an bekämpft ihr unsere sanfte Macht mit eurer ungehobelten Kraft. Ihr gewinnt den Kampf für eine Stunde und macht einen Lärm wie die Frösche in der Freude über euren Sieg. Wir aber besiegen euch für ein Jahrhundert und verharren schweigend.

Ihr habt den Nazaräer gekreuzigt, dann habt ihr euch um ihn herum aufgestellt und ihn verspottet und geschmäht. Er aber stieg von seinem Kreuz und ging uns als Held voran; er besiegte Generationen durch den Geist und die Wahrheit und erfüllte die Erde mit seinem Ruhm und seiner Schönheit.

Ihr habt Sokrates vergiftet, Paulus gesteinigt, Galilei getötet, Ali Ibn Taleb ermordet und Midhat Bacha erwürgt; sie aber wurden unsterblich und leben weiter im Antlitz der Ewigkeit. Ihr aber lebt als Kadaver auf dieser

Erde, die niemanden finden, der sie in die Finsternis des Vergessens begräbt.

Wir sind die Kinder der Trauer, und die Trauer ist eine Wolke, aus der das Gute und die Erkenntnis auf die Welt hinabregnet. Ihr seid die Kinder der Fröhlichkeit; wie groß eure Fröhlichkeit auch sein mag, sie gleicht Rauchsäulen, welche die Stürme zerstören und die Elemente zerstreuen.

Kinder Gottes, Enkel der Affen

Wie seltsam ist die Zeit, und wie sonderbar sind wir! Die Zeit änderte sich und veränderte uns. Sie schritt fort und setzte uns gleichzeitig in Bewegung. Sie nahm den Schleier von ihrem Gesicht, und wir waren erstaunt und erfreut.

Gestern noch beklagten wir uns über die Zeit und fürchteten sie. Und heute beginnen wir, sie zu lieben und zu begehren; ja, wir beginnen sogar, ihre Natur zu verstehen und ihre Geheimnisse zu begreifen.

Gestern noch tasteten wir uns vorsichtig voran wie Geister, die vor Angst zittern inmitten der Schrecken der Nacht und der Ängste des Tages. Heute erklimmen wir begeistert die Gipfel der Berge, wo uns heftige Stürme sowie grelle Blitze und grollende Donner auflauern.

Gestern noch aßen wir das Brot, das im Schweiße des Angesichts geknetet wurde, und wir tranken mit Tränen versetztes Wasser. Und heute essen wir das Manna aus den Händen der Nymphen des Morgens und trinken einen Wein, vermischt mit duftenden Essenzen des Frühlings.

Gestern noch waren wir ein Spielball in der Hand des Schicksals; mächtig und im Rausch schwankte das Schicksal mit uns nach rechts und nach links. Heute aber ist es aus seinem Rausch erwacht, und wir sind es, die mit ihm spielen und scherzen; wir gehen voran, und das Schicksal folgt uns.

Gestern verbrannten wir Weihrauch vor den Götzen und schlachteten Opfertiere vor den zornigen Göttern.

Heute verbrennen wir den Weihrauch vor uns selber und bringen uns Opfer dar, denn der größte und mächtigste aller Götter hat seinen Tempel in unseren Herzen errichtet.

Gestern waren wir den Königen untertan und beugten unsere Häupter vor den Herrschern. Heute neigen wir uns einzig vor der Wahrheit, wir folgen nur der Schönheit und gehorchen allein der Liebe.

Gestern senkten wir unsere Blicke vor den Priestern und brachten den Visionen der Seher Ehrfurcht entgegen. Heute aber, nachdem die Zeit sich änderte und uns veränderte, heute schauen wir der Sonne ins Gesicht, wir lauschen der Melodie des Meeres und zittern nur vor den Stürmen.

Gestern zerstörten wir die Throne unserer Seelen, um daraus Gräber für unsere Väter und Vorväter zu bauen. Heute sind unsere Seelen heilige Altäre, denen sich die Geister vergangener Zeiten nicht zu nähern wagen und die die verwesten Finger der Toten nicht berühren.

Wir waren gestern noch ein stummer Gedanke, verborgen in den Winkeln des Vergessens. Heute aber sind wir eine Stimme, welche die Tiefen des Weltraums erzittern läßt.

Wir waren gestern noch ein schwacher Funke, den die Asche begrub. Heute sind wir ein loderndes Feuer, das auf den Schultern des Tales brennt.

*

Wie viele Nächte wachten wir, auf der Erde gebettet und mit Schnee bedeckt, und wir beweinten einen Freund, den wir verloren hatten, oder einen Besitz, der uns geraubt wurde. Und wie viele Tage verbrachten wir wie Schafe ohne Hirten, Hunger und Durst erleidend. Zwischen einem Tag, der verging, und einer Nacht, die anbrach, beweinten wir unsere welkende Jugend und verzehrten uns in Sehnsucht nach einem unbekannten Retter, während wir ängstlich in den leeren, dunklen Raum blickten und der Klage der Stille und des Nichts lauschten.

Diese Epochen gingen vorüber wie Füchse, die zwischen Gräbern dahinhuschen. Und heute, wo der Weltraum erhellt ist und wir zu vollem Bewußtsein gelangt sind, heute verbringen wir weiße Nächte auf himmlischen Lagern. Wir widmen uns der Fantasie und unseren Neigungen, während die Flammen des Feuers uns umtanzen, und wir ergreifen sie mit Fingern, die nicht zittern. Um uns schweben die Geister der Dschinnen, mit denen wir uns in verständlicher Sprache unterhalten; der Chor der Engel zieht an uns vorüber, und die Engel erfreuen sich an der Sehnsucht unserer Herzen und der Melodie unserer Seele.

*

Wir waren gestern und wir sind heute; und das ist der göttliche Wille für die Kinder Gottes. Und was ist euer Wille, Söhne der Affen?

Habt ihr einen einzigen Schritt nach vorn gemacht, seitdem ihr aus den Spalten der Erde hervorgekrochen seid? Habt ihr je einen Blick zum Himmel erhoben, seitdem die Dämonen euch die Augen öffneten? Habt ihr ein einziges Wort aus dem Buch der Wahrheit gesprochen, seitdem die Schlangen euch geküßt haben?

Habt ihr nur einen Augenblick dem Lied des Lebens gelauscht, seitdem der Tod eure Ohren verschloß?

Seit siebzigtausend Jahren bin ich bei euch und sehe euch wie Insekten in den Winkeln der Höhlen kriechen. Und seit sieben Minuten beobachte ich euch von meinem Fenster aus und sehe euch durch schmutzige Gassen schleichen, wobei die Dämonen der Trägheit euch führen, die Ketten der Sklaverei an euren Füßen haften und die Schwingen des Todes über euren Köpfen Beifall klatschen, denn ihr seid heute, wie ihr gestern wart, und ihr werdet morgen und übermorgen sein wie zu Beginn.

Wir waren gestern und wir sind heute, und dies ist das göttliche Gesetz für die Kinder der Götter.

Was aber ist euer Gesetz, ihr Enkel der Affen?

Zwischen Nacht und Morgen

Schweig mein Herz, denn der Weltraum kann dich nicht hören!

Schweig, denn der Äther ist erfüllt von Klagen und Seufzern und hat kein Ohr für deine Gesänge und Hymnen!

Schweig, denn die Phantome der Nacht hören nicht auf das Geflüster deiner Geheimnisse, und der Reigen der Dunkelheit hält nicht an vor deinen Träumen!

Schweig mein Herz, schweig bis zum Morgen, denn wer geduldig den Morgen erwartet, wird ihm begegnen. Und wer das Licht liebt, den wird das Licht lieben.

Schweig mein Herz, und hör auf meine Worte!

Im Traum sah ich eine Amsel, die auf dem Krater eines tätigen Vulkans saß und sang. Ich sah eine Lilie ihren Kopf aus dem Schnee erheben. Eine nackte Paradiesjungfrau sah ich zwischen Gräbern tanzen, und ein Kind sah ich mit Totenschädeln spielen und dabei lachen.

All diese Bilder sah ich im Traum, und als ich erwachte und nach allen Seiten blickte, sah ich den tätigen Vulkan, aber ich hörte keine Amsel singen. Ich sah den Schnee auf die Felder fallen und unter seiner dicken, weißen Decke die leblosen Körper der Lilien begraben. Ich sah Reihen von Gräbern im Schweigen der Ewigkeit, doch niemand tanzte oder kniete betend davor. Und ich sah einen Hügel aus Totenschädeln, aber niemand lachte dort – es sei denn der Wind.

Beim Erwachen empfand ich Trauer. Wohin waren die Freuden des Traumes verflogen? Wo verbarg sich das

Glück des Schlafes, und wie hatten sich seine Bilder aufgelöst? Wie soll sich die Seele in Geduld üben, bis der Schlaf ihr wieder die Bilder ihrer Wünsche und Hoffnungen zuträgt?

Hör zu, mein Herz, und vernimm meine Geschichte: Gestern noch war meine Seele ein kräftiger, alter Baum, dessen Wurzeln tief in die Erde reichten und dessen Zweige sich in die Weite der Unendlichkeit ausstreckten. Im Frühling stand meine Seele in Blüten, und im Sommer trug sie Früchte. Als der Herbst kam, sammelte ich ihre Früchte in silberne Schalen und stellte sie am Straßenrand auf. Die Vorübergehenden nahmen davon, aßen die Früchte und gingen zufrieden weiter.

Als der Herbst vorbei war und die Jubellieder sich in Totenklagen verwandelten, verblieb in meinen Schalen eine einzige Frucht, welche die Leute für mich übriggelassen hatten. Ich nahm sie und aß sie. Ich fand sie bitter wie eine Koloquinte und sauer wie unreife Früchte. Da sagte ich zu mir: Wehe mir, denn ich habe in den Mund der Menschen einen Fluch gelegt und Bitterkeit in ihr Inneres! Was hast du, meine Seele, mit der Süßigkeit gemacht, die deine Wurzeln aus den Eingeweiden der Erde sogen, und mit den Düften, die deine Zweige im Sonnenlicht tranken?

Dann habe ich den alten, kräftigen Baum meiner Seele entwurzelt. Ich riß ihn samt seinen Wurzeln aus dem Erdboden, in dem er aufgewachsen war. Ich riß ihn aus seiner Vergangenheit heraus und raubte ihm seine Erinnerung an tausend Lenze und tausend Herbste.

Und ich pflanzte den Baum meiner Seele in einen anderen Boden. Ich pflanzte ihn in ein Feld, das weit entfernt lag von den Wegen der Zeit. Ich wachte an seiner Seite und sagte mir:

Wachen bedeutet, den Sternen nahe zu sein.

Ich begoß ihn mit meinem Blut und meinen Tränen und sagte mir:

Im Blut ist Atem und in den Tränen Süßigkeit.

Und als der Frühling wiederkehrte, blühte meine Seele ein zweites Mal. Im Sommer trug sie wieder Früchte.

Und als der Herbst nahte, sammelte ich die Früchte auf goldene Schalen, die ich am Straßenrand aufstellte. Die Leute kamen einzeln und in Gruppen vorüber, doch keiner streckte die Hand aus, um von den Früchten zu essen.

Da nahm ich eine Frucht und probierte sie. Ich fand sie süß wie Honig, erfrischend wie das Wasser des Paradiesflusses, köstlich wie Wein aus Babylon und duftend wie Jasmin. Da sagte ich zu mir:

Wahrlich, die Menschen wollen keinen Segen in ihrem Mund und keine Wahrheit in ihrem Herzen, denn der Segen ist ein Sohn der Tränen und die Wahrheit eine Tochter des Blutes!

Ich ging weg und setzte mich in den Schatten des Baumes meiner Seele, der einsam auf einem Feld steht, weit entfernt von den Wegen der Zeit.

*

Schweig mein Herz bis zum Morgen!

Schweig, denn der Raum ist erfüllt vom Geruch verwesender Körper, und er kann deinen Atem nicht aufnehmen.

Hör zu, mein Herz, und vernimm meine Worte.

Gestern waren meine Gedanken wie ein Schiff, das auf den Wellen des Meeres dahinglitt und das der Wind von einem Ufer ans andere trieb.

Das Schiff meiner Gedanken war leer – bis auf sieben Trinkgläser, die mit verschiedenen Farben gefüllt waren, die wie die Farben des Regenbogens leuchteten.

Nach einer Weile langweilte es mich, auf dem Meer dahinzugleiten, und ich dachte mir, ich werde mit dem leeren Schiff meiner Gedanken in den Hafen des Landes zurückkehren, in dem ich geboren bin.

Und ich begann, die Seiten meines Schiffes zu bemalen mit gelber Farbe – wie die Sonne bei ihrem Untergang, mit einem Grün – wie das Herz des Frühlings, mit dem Blau des Himmelgewölbes und dem Rot der Morgenröte. Auf das Segel und die Seiten malte ich seltsame Bilder, die den Blick anziehen und das Auge erfreuen.

Als ich mein Werk beendet hatte und das Schiff meiner Gedanken wie die Erscheinung eines Propheten zwischen zwei Unendlichkeiten aussah – nämlich der Unendlichkeit des Meeres und des Himmels –, da lief das Schiff meiner Gedanken ein in den Hafen meines Landes.

Die Menschen verließen ihre Häuser, um mich mit Jubel und Ehren zu empfangen. Sie gaben mir ein Ehrengeleit in die Stadt und musizierten auf Flöten und Tamburinen. Sie taten dies, weil das farbenfrohe und dekorative Äußere meines Schiffes sie angezogen hatte, doch niemand kam ins Innere des Schiffes meiner Gedanken. Niemand fragte mich, was ich in meinem Schiff aus fernen Landen mitbrachte. Niemand erfuhr, daß ich mit einem leeren Schiff in den Hafen meiner Heimat zurückkehrte.

Da sagte ich mir insgeheim: Ich habe meine Landsleute getäuscht. Mit sieben Gläsern Farben habe ich ihren Blicken Reichtümer vorgegaukelt, die ich nicht besaß.

Ein Jahr später ging ich wieder an Bord des Schiffes meiner Gedanken und fuhr ein zweites Mal in die Ferne.

Ich fuhr zu den Inseln des Orients, wo ich Myrrhe, Weihrauch, Moschus und Sandelholz sammelte und auf mein Schiff lud.

Dann fuhr ich zu den Inseln des Westens und brachte von dort Gold, Elfenbein, Saphire, Smaragde und andere Edelsteine auf mein Schiff.

Von den Inseln des Nordens kam ich mit Seide, Spitzen und Purpur zurück.

Und von den Inseln des Südens holte ich Panzer und Rüstungen, edle Schwerter und scharfe Lanzen sowie andere Waffen.

Ich füllte das Schiff meiner Gedanken mit den kostbarsten und seltensten Dingen dieser Erde und kehrte damit in den Hafen meines Landes zurück. Ich sagte mir:

Nun wird mein Volk mich zu Recht ehren. Sie werden mich singend und musizierend in die Stadt geleiten, und ich verdiene die Ehre, die sie mir erweisen.

Als ich den Hafen erreichte, kam mir niemand entgegen, und ich betrat die Straßen meiner Heimat, ohne daß mich jemand willkommen hieß.

Da hielt ich an den Plätzen an und erklärte den Menschen, was ich aus fremden Ländern an Schätzen mitgebracht habe. Sie aber sahen mich mit einem spöttischen Lächeln an und wandten sich ab von mir.

Enttäuscht und traurig kehrte ich zum Hafen zurück. Da sah ich mein Schiff, dem ich zuvor keine große Aufmerksamkeit geschenkt hatte, weil ich zu sehr mit dem Sammeln der Schätze beschäftigt gewesen war. Nun sah ich mein Schiff und stellte fest, daß die Wellen des Meeres seine Farben entfernt hatten, so daß es wie ein

Skelett aussah; und Stürme, Unwetter und Sonnenstrahlen hatten die Bilder auf den Segeln abgewaschen, so daß sie wie graue, abgetragene Kleider erschienen.

Ich hatte die Schätze der Erde und die Kostbarkeiten der Welt in einem Sarg geborgen, der auf der Oberfläche des Meeres dahinglitt, und so kehrte ich zu meinem Volk zurück. Und meine Landsleute verstießen mich, weil ihre Augen nur den äußeren Schein wahrnehmen.

In dieser Stunde trennte ich mich von dem Schiff meiner Gedanken und begab mich zu der Stadt der Toten; ich setzte mich zwischen die getünchten Gräber und dachte über ihre Geheimnisse nach.

Schweig mein Herz, schweig bis zum Morgen, denn der Sturm mokiert sich über das Geflüster deines Innersten, und die Höhlen des Tales geben die Töne der Saiten deiner Seele nicht als Echo zurück.

Schweig mein Herz – bis zum Morgen, denn wer sehnsüchtig den Morgen erwartet, wird liebevoll von ihm umarmt werden.

Sieh, die Morgenröte erscheint! Nun sprich mein Herz, wenn du sprechen kannst!

Sieh den Reigen des Morgens, mein Herz! Hat das Schweigen der Nacht in deinen Tiefen eine Melodie hinterlassen, mit der du den Morgen empfangen kannst?

Sieh die Schar der Amseln und Drosseln, wie sie von einem Ende des Tales zum anderen fliegen! Haben die Schrecken der Nacht deine Flügel nicht ganz gelähmt, so daß du dich zu ihnen aufschwingen und mit ihnen fliegen kannst?

Sieh die Hirten, die an den Spitzen ihrer Herden ziehen und sie aus ihren Ställen und Gehegen ins Freie führen! Haben die Geister der Nacht dir noch einen Rest Entschlossenheit übriggelassen, damit du ihnen auf die grünen Felder folgen kannst?

Sieh die Jungen und Mädchen in die Weinberge wandern! Willst du nicht aufstehen und dich ihnen anschließen?

Steh auf mein Herz, erheb dich mit dem Morgenrot, denn die Nacht ist vorbei, und die Ängste der Nacht sind mit den Alpträumen verschwunden!

Steh auf mein Herz und besinge den Morgen, denn wer nicht in die Lieder des Morgens einstimmt, ist ein Kind der Finsternis.

Betäubungsmittel und Seziermesser

«Er ist radikal bis zur Besessenheit!
Er ist ein Phantast, und seine Schriften verderben den
Charakter der Jugend. Wenn Männer und Frauen – ver-
heiratete oder unverheiratete – den Ansichten Gibrans
über die Ehe folgen, so werden die Fundamente der Familie untergraben und ihre Bande zerrissen; die Welt
wird zu einer Hölle und ihre Bewohner zu Dämonen.
Wenn auch der Stil seiner Bücher von großer Schönheit
ist, so ist er doch ein Feind der Menschheit.
Er ist ein Anarchist, ein Ungläubiger und ein Ketzer;
wir raten den Bewohnern dieses gesegneten Gebirges,
sich seinen Lehren zu widersetzen und seine Werke zu
verbrennen, damit nichts davon in ihren Seelen haften
bleibt.
Wir haben sein Werk ‹Die gebrochenen Flügel› gelesen,
wir fanden es wie in Honig getauchtes Gift.»

Das ist ein Ausschnitt von dem, was die Menschen über
mich sagen, und sie haben recht, denn ich bin tatsächlich
radikal bis zur Besessenheit. Ich neige ebenso zur Zer-
störung wie zur Erbauung. Mein Herz empfindet Ab-
scheu gegen das, was die Menschen heilig nennen, und
Sympathie für das, was sie verwerfen. Und wäre ich imstande, die Gewohnheiten und Überlieferungen der
Menschen aus ihrem Innern zu entwurzeln, so würde
ich nicht eine Minute zögern.
Und was die Meinung derjenigen betrifft, die behaup-
ten, daß meine Werke in Honig getauchtes Gift sind, so

handelt es sich um eine verschleierte Wahrheit. Die reine Wahrheit ist, daß ich das Gift unversüßt und unvermischt darreiche – und zwar in sauberen und durchsichtigen Gläsern. Diejenigen, die zu meiner Entschuldigung sagen: «Er ist ein Phantast, er schwebt in Wolken», sie schauen nur auf den Glanz der Gläser, ohne das darin befindliche Getränk zu beachten, das sie als Gift bezeichnen, da ihr schwacher Magen es nicht verträgt. – Diese Anschuldigungen sind grob und unverschämt, doch ist nicht die grobe Unverschämtheit dem glatten Verrat vorzuziehen? Die Unverschämtheit zeigt sich, wie sie ist, während der Verrat sich in ein Gewand hüllt, das nicht für ihn zugeschnitten ist.

Die Orientalen verlangen von einem Schriftsteller, daß er der Biene gleicht, die über die Felder fliegt, und den Blütenstaub der verschiedenen Blumen einsammelt und in Honig verwandelt.

Die Orientalen sind versessen auf Honig und finden nichts köstlicher. Sie haben davon so viel gegessen, daß ihre Seelen zu Honig wurden, und vor dem Feuer zerfließen; sie werden nur dann solide, wenn man sie auf Eis legt.

Die Orientalen verlangen von einem Dichter, daß er seine Seele als Weihrauch vor ihren Herrschern und Patriarchen verbrennt. Die Luft des Orients ist erfüllt von Weihrauchwolken, die vor Thronen, Altären und Gräbern aufsteigen, und sie haben immer noch nicht genug davon. In unseren Tagen gibt es Weihrauchverbrenner, die al-Mutanabbi[1] gleichen, und Panegyriker, die mit al-Khansa[1] konkurrieren, sowie Lobredner, die wortreicher sind als Safi ud-Din al-Huli[1].

[1] Arabische Schriftsteller

Die Orientalen verlangen von Wissenschaftlern, daß sie die Geschichte ihrer Väter und Vorväter erforschen, sich in ihr kulturelles Erbe vertiefen und ihre Tage und Nächte damit zubringen, sich mit der Etymologie und Rhetorik ihrer Sprache zu beschäftigen.

Die Orientalen verlangen von ihren Denkern, daß sie wiederholen, was Baidaba, Averroes, Ephrem der Syrer oder Johannes von Damaskus bereits gesagt haben. Sie fordern, daß sie in ihren Schriften die Grenzen der einfältigen Predigten nicht überschreiten. Und wenn jemand ihre Forderungen erfüllt, so gleicht er kleinen Grashalmen, die im Schatten wachsen, und seine Seele ist wie lauwarmes Wasser, in das ein wenig Opium vermischt ist.

Zusammenfassend kann man sagen: die Orientalen leben auf der Bühne der Vergangenheit; sie wollen unterhalten werden und verabscheuen strenge Prinzipien und Belehrungen, die sie aufschrecken aus ihrem tiefen Schlaf mit seinen süßen Träumen.

*

Der Orient ist krank, er ist so sehr von Krankheit befallen und von Epidemien heimgesucht, daß er sich an seine Gebrechen gewöhnt hat. Er sieht sie als naturgegeben an, ja sogar als gute Eigenschaften, durch die er sich vor anderen auszeichnet. Und diejenigen, die solche Eigenschaften entbehren, werden von ihnen als unvollkommen und minderwertig angesehen.

Zahlreich sind die Ärzte im Orient; sie verharren am Lager des Patienten, doch sie behandeln ihn lediglich mit Betäubungsmitteln, welche die Schmerzen lindern, aber die Krankheit nicht heilen.

Diese Betäubungsmittel sind von unterschiedlichen Farben und Formen, die einen entstehen aus den anderen, wie auch Krankheiten und Gebrechen oft aufeinander folgen. Und jedesmal, wenn im Orient eine neue Krankheit erscheint, so machen die Ärzte des Orients für sie eine neue Droge ausfindig.

Die Gründe, die zur Drogenanwendung führen, sind mannigfach. Die wichtigsten sind die, daß man den Kranken der Philosophie der Schicksalsergebenheit überläßt sowie der Feigheit der Ärzte, die befürchten, die Schmerzen zu verstärken, wenn sie wirksame Medikamente verordnen. Hier sind einige Beispiele für Betäubungs- und Beruhigungsmittel, welche die orientalischen Ärzte verschreiben, um familiäre, nationale und religiöse Krankheiten zu behandeln:

Ein Ehemann empfindet nur noch Abneigung für seine Ehefrau und umgekehrt. Sie streiten sich, schlagen sich und trennen sich schließlich. Doch kaum sind ein Tag und eine Nacht vergangen, so vereinbaren die Familienangehörigen des Mannes ein Treffen mit den Angehörigen der Ehefrau. Nach dem Austausch gegenseitiger Freundlichkeiten vereinbaren sie, die Ehegatten miteinander zu versöhnen. Zunächst nehmen sie sich die Frau vor, appelieren an ihre Gefühle für ihren Ehegatten und locken sie mit scheinheiligen Reden, die sie nicht überzeugen; dann überschütten sie den Mann mit guten Ratschlägen, um ihn gefügig zu machen, ohne ihn zu überzeugen. So erreichen sie eine vorübergehende Aussöhnung zwischen den entfremdeten Ehegatten. Sie ziehen wieder unter ein Dach, ohne sich wirklich geändert zu haben. Es dauert nicht lange, bis die Wirkung der Betäubungsmittel, welche die Familienangehörigen ihnen verabreichten, nachläßt. Die Aversion des

Mannes seiner Frau gegenüber taucht ebenso wieder auf wie die Abneigung seitens der Frau. Diejenigen, welche die beiden das erste Mal vergeblich zu versöhnen suchten, versuchen es erneut, denn wer einen Schluck von dem Betäubungsmittel zu sich genommen hat, lehnt es nicht ab, ein Glas davon zu trinken.

Ein Volk erhebt sich gegen einen Tyrannen oder gegen ein überholtes Regime. Sie gründen eine Partei, die für politische Reformen eintritt, um sich von der Gewaltherrschaft zu befreien. Sie halten mutige Reden, veröffentlichen leidenschaftliche Manifeste und verbreiten Grundsatzerklärungen. Kaum sind ein bis zwei Monate vergangen, so erfährt man, daß die Regierung den Anführer der Bewegung ins Gefängnis geworfen hat oder ihn durch die Übertragung eines Amtes mundtot machte. Von der Bewegung hört man nichts mehr, denn ihre Mitglieder erhielten ein Betäubungsmittel, so daß sie ruhig und ergeben wurden.

Eine Gemeinde lehnt sich gegen ihren religiösen Chef auf; sie kritisiert seine Person und sein Verhalten und wirft ihm seine Vergehen vor. Sie droht damit, sich einer anderen Religionsgemeinschaft anzuschließen, die glaubwürdiger und menschlicher ist. Nach einer Weile kann man hören, daß die Weisen des Landes die Mißverständnisse zwischen dem Hirten und seiner Herde ausgeräumt haben durch die Verabreichung von Betäubungsmitteln und somit den nötigen Respekt vor dem religiösen Chef und die Unterwerfung unter seinen Willen wieder hergestellt haben.

Beklagt sich ein Schwacher über einen starken Unterdrücker, so wird ihm gesagt: «Sei still, denn das widerspenstige Auge wird von einem Pfeil durchbohrt werden!»

Wenn ein Dorfbewohner die Frömmigkeit der Mönche in Zweifel zieht, so sagt man ihm: «Sei still, denn es steht geschrieben: ‹Achtet auf ihre Worte und nicht auf ihre Werke!›»

Brilliert ein Schüler, so wird sein Lehrer sagen: «Die Faulen ersinnen sich Rechtfertigungen, die schlimmer sind als ihre Vergehen!»

Lehnt eine Tochter es ab, die Gewohnheiten der Alten zu übernehmen, wird ihre Mutter sagen: «Die Tochter ist nicht besser als die Mutter! Sie sollte in ihre Fußstapfen treten!»

Und wenn ein junger Mann einen Priester bittet, ihm die Bedeutung eines alten Ritus zu erklären, wird dieser sagen: «Derjenige, der die Welt nicht mit den Augen des Glaubens sieht, wird in ihr nichts als Nebel und Rauch erblicken!»

So vergehen Tage und Nächte, und der Orientale, der in seinem bequemen Bett liegt, wacht einen Moment auf, wenn ihn ein Floh sticht, dann verschläft er wieder ein Jahrhundert unter dem Einfluß der Betäubungsmittel, die sich in seinen Adern mit seinem Blut vermischt haben.

Und wenn sich jemand erhebt und sie zu wecken versucht, ihre Häuser und Tempel mit Lärm füllt, dann öffnen sie ihre schweren Lider und sagen: «Wie grob ist dieser junge Mann! Er schläft nicht und läßt die anderen nicht schlafen!» Dann schließen sie ihre Augen wieder und reden sich ein: «Er ist ein Ungläubiger und Ketzer, der den Charakter der Jugend verdirbt, die Aufbauarbeit von Generationen zerstört und den Geist der Menschen vergiftet.»

Ich habe mich oft gefragt, ob ich einer dieser aufgewachten Rebellen bin, die sich weigern, Betäubungs- und

Beruhigungsmittel zu sich zu nehmen. Meine Seele antwortete mir in Rätseln. Doch als ich die Menschen mich und meine Prinzipien verunglimpfen hörte, war ich sicher, wach zu sein und nicht zu denen zu gehören, die Luftschlösser bauen. Vielmehr gehöre ich zu den wenigen Einsamen, für die das Leben einen schmalen Pfad ausgewählt hat, der bepflanzt ist mit Blumen und Dornen und auf dem man gerissenen Füchsen und singenden Nachtigallen begegnet.

Wenn das Wachsein eine Tugend wäre, würde die Bescheidenheit mich daran hindern, mir diese anzumaßen. Aber es ist keine Tugend, sondern eine Wirklichkeit, die zurückgezogenen Menschen plötzlich und unerwartet erscheint. Sie geht vor ihnen her, und sie folgen ihr willenlos – angezogen durch verborgene Saiten, die sich an das Edle in ihrem Herzen wenden. Und was die Scheu vor der Aufdeckung persönlicher Wahrheiten betrifft, so ist es für mich eine Heuchelei, welche die Orientalen als Höflichkeit bezeichnen.

*

Wenn die Gebildeten morgen lesen, was hier gesagt wurde, werden sie verärgert sein und sagen:

«Er ist radikal, sieht nur die Schattenseiten des Lebens und stimmt nur Klagelieder an!»

Diesen Gebildeten entgegne ich:

«Ich beklage den Orient, weil der Tanz vor dem Sarg des Toten Wahnsinn ist.

Ich beweine die Orientalen, weil das Lachen über die Toten unangemessen ist.

Ich beklage dieses geliebte Land, denn der Gesang vor dem blinden Unglück ist Uneinsichtigkeit.

Ich bin Extremist, denn wer in der Verkündigung der Wahrheit Maß hält, stellt nur die Hälfte der Wahrheit dar, während er die andere Hälfte verhüllt aus Furcht vor der Kritik der Menschen.

Ich sehe die verwesenden Kadaver, die mich abstoßen, und es ist mir unmöglich, mich mit einem Getränk in der Rechten und einem Stück Kuchen in der Linken zu ihnen zu setzen.

Doch wenn es jemanden gibt, der meine Klagen in Lachen, meine Ablehnung in Sympathie und meine Maßlosigkeit in Mäßigung verwandeln will, der muß mir im Orient einen gerechten Statthalter, einen unbestechlichen Richter zeigen; er muß mir einen religiösen Chef zeigen, der tut, was er lehrt, und einen Gatten, der seine Frau mit den gleichen Augen ansieht wie sich selbst.

Wenn ihr mich tanzen sehen und Flöte spielen hören wollt, dann ladet mich zu einer Hochzeit ein und führt mich nicht auf den Friedhof!»

Versilberter Schmutz

Suleiman Effendi

Er ist ein Mann von 35 Jahren, gut gekleidet, schlank, mit gezwirbeltem Schnurrbart. Er trägt glänzende Schuhe und seidene Socken und raucht teure Zigarren, in seiner Hand hält er einen Spazierstock mit goldenem und edelsteinbesetztem Knauf. Er ißt in den besten Restaurants, wo sich die Reichen und Wohlgeborenen treffen. In einer prächtigen Kutsche, die zwei reinrassige Pferde ziehen, fährt er zu den bekannten Ausflugsorten.

Suleiman Effendi hat seinen Reichtum weder von seinem Vater geerbt, denn dieser – Gott schenke seiner Seele Frieden – war ein armer Mann, noch hat er ihn sich erarbeitet, denn er ist faul und haßt die Arbeit, die er entwürdigend findet. Wir hörten ihn einmal sagen: «Mein Körper und mein Charakter eignen sich nicht für die Arbeit, sie ist bestimmt für Schwachsinnige mit einem robusten Körper.»

Wie kommt es also, daß Suleiman Effendi so reich ist? Welcher Zauberer hat den Schmutz in seinen Händen in Silber und Gold verwandelt?

Das ist eins der Geheimnisse des versilberten Schmutzes, die uns vom Todesengel Azrael offenbart wurden, und das wir euch nun mitteilen:

Seit fünf Jahren ist Suleiman Effendi mit Frau Fahimi verheiratet; sie ist die Witwe des verstorbenen Butros Na'man, eines Kaufmanns, der von seinen Freunden

69

und Bekannten wegen seines Eifers, seiner Rechtschaffenheit und Zuverlässigkeit sehr geschätzt wurde.

Zu der Zeit war Frau Fahimi 45 Jahre alt; was aber ihre Gefühle und ihr Verhalten betraf, war sie gerade 16. Jetzt färbt sie sich die Haare, schminkt ihre Augen mit Kohel und behandelt ihr Gesicht mit Puder und Cremes. Sie sieht Suleiman Effendi nicht vor Mitternacht, und meist hat er nur einen flüchtigen Blick und harte Worte für sie übrig. Er vernachlässigt sie sträflich, denn er ist damit beschäftigt, das Vermögen auszugeben, das ihr Mann im Schweiße seines Angesichts angesammelt hatte.

Adib Effendi

Er ist ein junger Mann von 27 Jahren, hat eine große Nase, kleine Augen, ein unsauberes Gesicht, tintenbefleckte Hände und schmutzige Fingernägel. Seine Kleidung ist zerschlissen und voller Fett- und Kaffeeflecken. Dieses abstoßende Äußere ist nicht die Folge von Armut und Not, sondern auf Nachlässigkeit zurückzuführen; er widmet nämlich seine ganze Aufmerksamkeit geistigen Dingen und geistlichen Inhalten. Wir hörten ihn sagen, indem er sich auf Amin al-Jundi als Zeugen berief: «Das Genie kann sich nicht zwei Dingen zugleich widmen!» Damit will er sagen, daß der Gelehrte sich nicht gleichzeitig mit dem Schreiben und der Sauberkeit befassen kann.

Adib Effendi spricht oft und viel; er nimmt sich für nichts anderes Zeit als zum Reden. Wir haben erfahren, daß er zwei Jahre lang in einer der berühmten Beiruter Schulen und bei einem bekannten Professor Rhetorik studierte. Er soll Gedichte, Essays und Artikel geschrieben haben, die aber nie veröffentlicht wurden. Das hat mehrere Gründe, von denen die wichtigsten die Dekadenz der arabischen Presse und die Unwissenheit der Leser sind.

In der letzten Zeit beschäftigt sich Adib Effendi mit der alten und neuen Philosophie. Er begeistert sich ebenso für Sokrates wie für Nietzsche. Er bewundert die Schriften von Augustinus genauso wie die von Voltaire und Rousseau.

Einmal trafen wir ihn bei einer Hochzeit. Er war umgeben von Menschen, die Volkslieder sangen und Wein tranken, während er sich über die Tragödie des Hamlet von Shakespeare in seinen bekannten Redeergüssen ausließ. Ein anderes Mal sahen wir ihn in einem Trauerzug, der einer berühmten Persönlichkeit das letzte Geleit gab. Die Trauernden um ihn herum senkten die Köpfe, während er redegewandt über die Weinlieder des Abu Nuwas und die Liebeslieder des Ibn al-Farid sprach.

Wofür lebt Adib Effendi? Welches Ziel verfolgt er, wenn er seine Tage und Nächte zwischen alten Folianten verbringt? Würde er sich nicht besser einen Esel kaufen und ein für die Gesellschaft nützlicher Eseltreiber werden?

Auch das ist eins der Geheimnisse des versilberten Schmutzes, das uns Baal Zaboul offenbarte und das wir euch hiermit enthüllen wollen: Vor drei Jahren schrieb Adib Effendi eine Lobeshymne auf den Bischof Juhanna Schamoun, und er sang sie vor ihm im Hause des Habib Beg Silvan. Kaum hatte er seinen Gesang beendet, da ließ seine Exzellenz ihn zu sich kommen, legte ihre Hand auf seine Schulter und sagte lächelnd zu ihm:

«Bravo mein Sohn! Du bist einer der gewandtesten Dichter und der klügsten Schriftsteller! Ich bin stolz auf dich, und ich zweifle nicht daran, daß du eines Tages zu den Großen des Orients gezählt wirst!»

Von diesem Augenblick an betrachteten seine Verwandten ihn mit Stolz und Verehrung. Hat nicht Bischof Juhanna Schamoun gesagt, daß er eines Tages zu den Großen des Orients gehören wird?

Farid Beg Dou'aibes

Er ist ein Mann, der auf die Vierziger zugeht – von großer Statur und mit einem kleinen Kopf; er hat eine niedrige Stirn, Glatze und einen großen Mund; seine Schritte sind schwerfällig, seine Brust aufgebläht und sein Hals auffallend lang. Sein Gang hat einen eigenartigen Rhythmus, er macht dem Kamel Konkurrenz, das sich mit einer Sänfte auf dem Rücken langsam und elegant vorwärtsbewegt. Wenn er mit seiner tiefen Stimme und in seiner überheblichen Art spricht, könnte man ihn für einen Staatsminister halten – wenn man ihn nicht kennen würde –, der gerade damit beschäftigt ist, sich um die Belange der Menschen zu kümmern.

Aber Farid Beg Dou'aibes begnügt sich damit, auf Versammlungen einen Ehrenplatz einzunehmen und die Verdienste seiner Vorfahren zu rühmen. Er erinnert sich mit Vorliebe an die großen Ereignisse in seiner Familie sowie an die Taten berühmter historischer Helden wie Napoleon und Antar. Er begeistert sich für kostbare Waffen, von denen er eine große Sammlung besitzt, welche die Wände seines Hauses schmücken, die er aber nicht zu benutzen versteht.

Eine seiner Redensarten heißt: «Gott hat zwei Klassen von Menschen geschaffen: die einen um zu herrschen, die anderen, um zu dienen.» Eine andere Redensart von ihm ist: «Das Volk gleicht einem störrischen Esel, der sich nur vorwärts bewegt, wenn man auf seinen Rücken steigt.» Und noch ein Spruch von ihm besagt: «Die Feder zum Schreiben ist für die Schwachen, das Schwert für die Starken.»

Welche Gründe veranlassen Farid Beg Dou'aibes zu solcher Prahlerei? Auch das ist eines der Geheimnisse des versilberten Schmutzes. Es wurde uns von Satanael offenbart, und hiermit teilen wir es euch mit:

Im ersten Drittel des 18. Jahrhunderts, als Emir Bechir al-Schehabi mit seinem Gefolge durch das Land zog, gelangten sie in das Dorf, in dem Mansour Dou'aibes, der Großvater von Farid, lebte. Da der Tag sehr heiß war und die Sonnenstrahlen die Erde fast verbrannten, hielt der Emir an, stieg von seinem Pferd und sagte zu seinen Gefolgsleuten: «Laßt uns im Schatten dieser Eiche rasten!»

Als Mansour Dou'aibes von der Anwesenheit des Emirs Kenntnis erhielt, rief er die Bauern aus seiner Nachbarschaft zusammen und erzählte ihnen, daß sich der Fürst in der Nähe ihres Dorfes aufhalte. Sie folgten ihm zu der Eiche und brachten dem Emir Körbe mit Feigen und Weintrauben sowie Krüge mit Wein, Milch und Honig. Als sie sich der Eiche näherten, fiel Mansour vor dem Emir auf die Knie, küßte den Saum seines Gewandes, schlachtete einen Widder vor ihm und sagte: «Das kommt vom Emir, unserem Wohltäter, und ist für ihn bestimmt!»

Der Emir freute sich über die Freigebigkeit und erwiderte sie, indem er sagte: «Von nun an bist du der

Scheich dieses Dorfes, und ich werde seinen Bewohnern für dieses Jahr die Steuern erlassen.»

In dieser Nacht, nachdem der Emir und sein Gefolge weitergeritten waren, versammelten sich alle Dorfbewohner im Hause des neuen Scheichs und gelobten ihm Treue in guten und in schlechten Tagen. Möge Gott ihren Seelen Frieden schenken!

Und wie dieses gibt es zahlreiche Geheimnisse, welche die Dämonen uns Tag und Nacht offenbaren und die wir euch enthüllen wollen, bevor die Ewigkeit uns zu sich ruft. Jetzt aber, wo es auf Mitternacht zugeht und unsere Lider schwer werden, erlaubt uns, uns zur Ruhe zu legen in der Hoffnung, daß die Fee der Träume uns in eine Welt führt, die reiner ist als diese Welt.

Vision

Als die Nacht anbrach und der Schlaf seinen Mantel über die Erde warf, verließ ich mein Lager und lief zum Meer. Ich sagte mir: «Das Meer schläft auch nicht, und im Wachen des Meeres findet der Schlaflose Trost.»

Als ich das Meer erreichte, hatte sich der Nebel von den Bergen auf die Küste gesenkt und bedeckte sie wie ein Schleier das Gesicht einer jungen, schönen Frau. Ich blieb stehen, beobachtete die Wellen und lauschte ihrem Choral. Ich dachte an die ewige Kraft, die sich dahinter verbirgt – die Kraft, die im Sturm dahineilt, im Vulkan aufbraust, im Mund der Rosen lächelt und mit den Bächen singt.

Nach einer Weile drehte ich mich um; da sah ich drei Geister auf einem nahen Felsen sitzen. Die Schleier des Nebels verhüllten sie teilweise. Ich näherte mich ihnen willenlos, so als ginge von ihnen eine magnetische Kraft aus. Ein paar Schritte von ihnen entfernt blieb ich wie gebannt stehen.

Da erhob sich einer der Geister und sagte mit einer Stimme, die aus der Tiefe des Meeres zu kommen schien:

«Das Leben ohne Liebe ist wie ein Baum ohne Blüten und Früchte. Die Liebe ohne Schönheit ist wie Blumen ohne Duft. Leben, Liebe und Schönheit sind drei Wesen in einem einzigen, die weder ausgetauscht noch voneinander getrennt werden können.» Nach diesen

Worten setzte die Erscheinung sich wieder auf ihren Platz.

Der zweite Geist erhob sich und sagte mit einer Stimme, die dem Rauschen eines Wasserfalls glich:
«Das Leben ohne Rebellion gleicht den Jahreszeiten ohne Frühling. Die Rebellion ohne Recht ist wie ein Frühling in trockener und unfruchtbarer Wüste. Leben, Rebellion und Recht sind drei Wesen in einem einzigen, die weder ausgetauscht noch voneinander getrennt werden können.»

Schließlich erhob sich der dritte Geist und sagte mit einer Stimme, die dem Dröhnen des Donners nahe kam:
«Leben ohne Freiheit ist wie ein Körper ohne Seele. Freiheit ohne Denken aber ist wie ein verwirrter Geist. Leben, Freiheit und Denken sind ein einziges Wesen, dessen Elemente weder austauschbar noch trennbar sind.»

Dann erhoben sich alle drei Phantome und sagten mit furchteinflößenden Stimmen:
«Die Liebe und was sie gebiert, die Rebellion und was sie hervorbringt, die Freiheit und was sie wachsen läßt, sind drei Aspekte Gottes. Und Gott ist das Gewissen der vernünftigen Welt.»

Danach herrschte Schweigen, das erfüllt war vom Vibrieren unsichtbarer Flügel und vom Beben ätherischer Körper. Ich schloß meine Augen und lauschte dem Echo der Worte, die ich vernommen hatte. Und als ich sie wieder öffnete, sah ich nichts als das Meer –

bedeckt von einem Mantel aus Nebel. Ich näherte mich dem Felsen, auf dem die drei Geister gesessen hatten, und ich sah nichts als eine Wolke aus Weihrauch, die zum Himmel aufstieg.

In der Finsternis der Nacht

(geschrieben in der Zeit der Hungersnot)

In der Finsternis der Nacht rufen wir einander.

In der Finsternis der Nacht rufen wir um Hilfe, während die Gestalt des Todes mitten unter uns weilt. Ihre schwarzen Schwingen bedecken uns, und ihre furchtbare Hand stößt unsere Seelen in den Abgrund. Aber ihre brennenden Augen sind auf die Morgenröte in der Ferne gerichtet.

In der Finsternis der Nacht zieht der Tod vor uns her, und wir folgen ihm angsterfüllt und weinend. Niemand unter uns vermag es, stehenzubleiben oder den Zug anzuhalten.

In der Finsternis der Nacht zieht der Tod vor uns her, und wir folgen ihm. Jedes Mal, wenn der Tod sich umsieht, fallen Tausende von Seelen auf beide Seiten des Weges. Wer fällt, schläft ein und wacht nicht mehr auf; wer aber nicht fällt, läuft willenlos weiter im Bewußtsein, daß er fallen und einschlafen wird wie diejenigen vor ihm. Und der Tod zieht weiter und blickt auf die Morgenröte in der Ferne.

In der Finsternis der Nacht ruft der Bruder nach seinem Bruder, der Vater nach seinen Söhnen, die Mutter nach ihren Kleinen, und keiner weiß, wie er seinen Hunger stillen soll. Nur der Tod leidet weder Hunger noch Durst; er verschlingt unsere Körper und Seelen; er trinkt unser Blut und unsere Tränen – ohne jemals satt zu werden und seinen Durst zu stillen.

Am Abend ruft das Kind seine Mutter und sagt: «Ich bin hungrig, Mutter!»

Die Mutter erwidert: «Hab ein wenig Geduld, mein Kind!»

Um Mitternacht schreit das Kind: «Ich bin hungrig, Mutter! Gib mir Brot!»

«Mein liebes Kind, ich habe kein Brot!» entgegnet die Mutter.

Am Ende der Nacht kommt der Tod, berührt Mutter und Kind mit seinen Schwingen, und sie fallen beide in tiefen Schlaf. Der Tod aber geht weiter, auf das ferne Morgenrot blickend.

Am Morgen geht ein Bauer aufs Feld auf der Suche nach Nahrung für seine Familie. Doch außer Staub und Steinen findet er nichts. Erschöpft kehrt er um die Mittagszeit zu Frau und Kindern zurück; seine Hände sind leer.

Bei Anbruch der Nacht erscheint der Tod, berührt den Mann, die Frau und die Kinder, die in tiefen Schlaf fallen. Der Tod lächelt und geht weiter, indem er auf das ferne Morgenrot blickt.

Ein anderer Bauer verläßt am Morgen seine Hütte und geht zur Stadt. In seiner Tasche hat er den Schmuck seiner Mutter und seiner Schwester, um ihn gegen Brot einzutauschen. Am Abend kehrt er in sein Dorf zurück – ohne Nahrung und ohne Schmuck. Er findet seine Mutter und ihre beiden Töchter schlafend; ihre offenen Augen starren ins Nichts. Er hebt seine Arme zum Himmel. Da fällt er auf die Erde wie ein Vogel, den ein Jäger abgeschossen hat.

Der Tod lächelt und geht weiter.

In der Finsternis der Nacht – und die Finsternis der Nacht ist ohne Ende – rufen wir euch, die ihr im Lichte des Tages wandelt. Hört ihr unser Rufen?

Wir haben euch die Seelen unserer Toten als Boten geschickt. Habt ihr die Botschaft verstanden?

Wir haben in den Ostwind unseren Atem gehaucht. Hat er eure entfernten Gestade erreicht und seine Fracht euch ausgeliefert?

Habt ihr erfahren, was uns widerfahren ist? Habt ihr versucht, uns zu helfen. Oder habt ihr euch – in Sicherheit wähnend – gesagt: «Diejenigen, die im Licht leben, können nichts tun für die Söhne der Finsternis! Sollen die Toten ihre Toten begraben, und möge der Wille Gottes in Erfüllung gehen!»

Ja, möge der Wille Gottes erfüllt werden! Aber dazu müßt ihr eure Seelen über euch selbst erheben, damit Gott euch zu Werkzeugen seines Willens macht, die uns helfen.

In der Finsternis der Nacht rufen wir einander. Der Bruder ruft nach seinem Bruder, die Mutter nach ihrem Sohn, der Mann nach seiner Frau, der Liebhaber nach seiner Geliebten. Wenn unsere Rufe sich vermischen und in den Raum aufsteigen, dann hält der Tod einen Augenblick an und lächelt spöttisch. Und indem er auf das Morgenrot in der Ferne blickt, geht er weiter.

Faule Zähne

Ich hatte einen faulen Zahn, der mir heftige Schmerzen verursachte. Am Tage ließen sie nach; doch in der Nacht, wenn die Zahnärzte schlafen und die Apotheken geschlossen sind, traten sie um so heftiger wieder auf.

Eines Tages wurde ich ungeduldig, ging zu einem Zahnarzt und bat ihn: «Zieh mir diesen schrecklichen Zahn, der mir den Schlaf raubt und die Nachtruhe mit meinen Klagen und Seufzern füllt.»

Der Zahnarzt schüttelte den Kopf und sagte: «Es ist töricht, einen Zahn zu ziehen, den man noch retten kann!» Und er begann zu bohren und ihn zu behandeln. Als er ihn von der Karies befreit hatte, setzte er ihm eine Goldplombe auf und sagte stolz: «Nun ist dein kranker Zahn stärker als die gesunden!» Ich glaubte seinen Worten, bezahlte und ging zufrieden weg.

Kaum war eine Woche vergangen, da begann mein Zahn wieder zu schmerzen, und er verwandelte die heiteren Melodien meiner Seele in Klagelieder.

Da ging ich zu einem anderen Zahnarzt und befahl ihm entschieden: «Zieh mir diesen verdammten, goldenen Zahn ohne Widerrede, denn wer Schläge erhält, fühlt anders als derjenige, der sie zählt!»

Der Zahnarzt zog den Zahn; es war eine Stunde schrecklicher Schmerzen, aber eine heilsame Stunde.

Der Zahnarzt prüfte den Zahn, den er gezogen hatte, und sagte: «Du hast gut daran getan, ihn ziehen zu lassen, denn an ihm ist nichts mehr zu heilen!»

In dieser Nacht – und in allen folgenden Nächten –

konnte ich ruhig schlafen, weil mein fauler Zahn gezogen war.

Im Mund unserer menschlichen Gemeinschaft gibt es viele Zähne, die bis zu den Wurzeln verfault sind; niemand aber läßt sie ziehen, um sich von den Schmerzen zu befreien, sondern man begnügt sich damit, sie mit Goldplomben behandeln zu lassen.

Zahlreich sind die Zahnärzte, welche die faulen Zähne der Menschheit mit Gold überziehen, statt sie zu ziehen.

Ohne Zahl sind auch die Patienten, die sich dem Willen solcher Zahnärzte unterwerfen – und sie noch für Wohltäter halten. Sie leiden an einer Krankheit, die sie nicht kennen, und sterben daran. Auch eine tote Nation kann nicht auferstehen, so daß man die Gründe ihrer Krankheit entdecken könnte oder die verabreichten Medikamente, die zum Tode führten.

*

Im Munde des syrischen Gemeinwesens gibt es viele stinkende, faule Zähne, welche die Zahnärzte zu säubern versuchten und dann mit einer Goldschicht überzogen. Diese Zähne hätten entfernt werden müssen!

Wenn eine Nation kranke Zähne hat, dauert es meist nicht lange, bis auch der Magen in Mitleidenschaft gezogen wird. Wie viele Nationen gibt es, die als Märtyrer ihrer Verdauungsbeschwerden gestorben sind!

Wer die kranken Zähne Syriens sehen will, muß in die Schulen des Landes gehen, wo die verantwortlichen Männer und Frauen von morgen auswendig lernen müssen, was al-Achfasch sagte, als er überlieferte, was Sibani sagte, der wiederum überlieferte, was die Anführer der Karawanen sagten.

Oder er besuche die Gerichtsgebäude, wo die Intelligenz des Landes mit Rechtsangelegenheiten spielt wie die Katze mit ihrer Beute.

Oder er begebe sich in die Häuser der Reichen, wo er der Eitelkeit, Lüge und Heuchelei begegnen wird.

Auch in die Hütten der Armen gehe er, wo Angst, Feigheit und Unwissen herrschen.

Dann suche er die fingerfertigen Zahnärzte mit ihren präzisen Instrumenten und ihren Betäubungsmitteln auf, die ihre Zeit damit verbringen, die verfaulten Zähne der Nation zu plombieren. Er kann sich mit ihnen unterhalten und von ihnen profitieren, denn sie sind intelligente und redegewandte Menschen, welche Vereinigungen gründen, Kongresse organisieren und in Clubs und auf offenen Plätzen Reden halten. In ihren Reden gibt es eine Melodie, die angenehmer ist als das Geräusch des Mühlsteins und vornehmer als das Quaken der Frösche in einer Julinacht.

Wenn man ihnen aber vorhält, daß das syrische Volk seine Nahrung mit faulen Zähnen aufnimmt und daß jeder Bissen, den sie zu sich nimmt, sich mit vergiftetem Speichel vermischt, der den Magen krank macht, dann werden sie antworten: «Wir sind mit der Erforschung neuer Füllungen und Betäubungsmittel beschäftigt.»

Und solltet ihr ihnen vorschlagen, die schlechten Zähne einfach zu ziehen, so werden sie sich über euch lustig machen, da ihr offenbar nichts von der Kunst der Zahnärzte versteht. Und wenn ihr darauf besteht, so werden sie sich ärgerlich von euch abwenden und sagen:

«Wie zahlreich sind die Idealisten auf dieser Welt, und wie töricht sind ihre Träume!»

Am Vorabend des Festes

Der Abend war angebrochen, und Finsternis legte sich auf die Stadt. In den Palästen und Häusern wurden die Lichter angezündet; die Menschen strömten in ihren neuen Festkleidern auf die Straßen. In ihren Gesichtern spiegelte sich Zufriedenheit, und ihr Atem war vermischt mit dem Geruch von Essen und alkoholischen Getränken.

Ich aber wanderte allein auf einsamen Wegen, weit entfernt von der Menge und ihrem Festlärm, denn ich wollte nachdenken über denjenigen, den man heute feiert. Ich wollte nachdenken über dieses größte Genie aller Jahrhunderte, der arm geboren wurde, selbstlos lebte und am Kreuz starb.

Ich dachte nach über die Flamme, die der Weltgeist in einem der syrischen Dörfer entzündete und die über den Köpfen aller Jahrhunderte schwebte – von einer Zivilisation zur anderen.

Als ich den Stadtpark erreicht hatte, setzte ich mich auf eine Holzbank und blickte durch die Zweige der Bäume auf die belebten Straßen; aus der Ferne hörte ich die Lieder der feiernden Menschen, die sich im Reigen der Sorglosigkeit bewegten auf der Suche nach Zerstreuung.

Nachdem ich etwa eine Stunde dort gesessen hatte – versunken in meinen Gedanken und Träumen –, schaute ich mich um und entdeckte neben mir einen Mann. In seiner Hand hatte er einen Stock, mit dem er eigenartige Figuren auf den Boden zeichnete.

Er ist einsam wie ich, dachte ich in meinem Innern.
Dann sah ich ihn mir genauer an und stellte fest, daß er
trotz seiner abgetragenen Kleidung und seinen langen
Haaren eine würdevolle Erscheinung war. Es schien, als
habe er meine Gedanken erraten. Er wandte sich mir zu
und sagte mit ruhiger und tiefer Stimme:
«Guten Abend!»
Ich erwiderte seinen Gruß und sagte:
«Möge Gott Euch einen glücklichen Abend schen-
ken!»
Er fuhr fort, mit dem Stock Figuren auf den Boden zu
zeichnen.
Da mir die Melodie seiner Stimme gefiel, fragte ich ihn
nach einer Weile: «Seid Ihr fremd in dieser Stadt?»
Er entgegnete: «Ich bin ein Fremder, sowohl in dieser
Stadt als auch in jeder anderen!»
Ich sagte: «An Festtagen wie diesem vergißt ein Frem-
der seine Einsamkeit, da er bei den Menschen an solchen
Tagen auf Sympathie und Großzügigkeit stößt.»
Er antwortete: «Ich bin ein Fremder an diesem Tag
und an allen anderen Tagen.» Und indem er dies sagte,
schaute er zum Abendhimmel empor. Seine Augen
öffneten sich weit, und seine Lippen zitterten, als hätte
er dort eine ferne Heimat erblickt.
Ich fuhr fort: «An diesen Festtagen gehen die Menschen
freundlicher miteinander um. Der Reiche denkt an den
Armen und der Starke an den Schwachen.»
«Das Mitgefühl des Reichen mit dem Armen ist ver-
steckte Selbstliebe», entgegnete er, «und das Erbarmen
des Starken mit dem Schwachen nährt sich aus einem
Überheblichkeitsgefühl.»
«Das mag stimmen», sagte ich, «aber was kümmert es
den Armen und den Schwachen, was im Kopf des Rei-

chen und Starken vorgeht, wenn er nur sein Brot hat. Gewiß ist es ihm gleich, auf welche Weise das Brot, das er ersehnt, geknetet wurde.»

«Der Empfänger denkt nicht daran«, antwortete er, «aber der Gebende muß immer daran denken, und zwar gründlich!»

Seine Worte gefielen mir, und ich betrachtete erneut seine würdige Erscheinung in dem verschlissenen Gewand. Nach einer Weile sagte ich: «Ich habe den Eindruck, als bedürftet Ihr der Hilfe. Darf ich Euch einige Dinare anbieten?»

Mit einem traurigen Lächeln auf den Lippen erwiderte er: «Ja, ich bedarf Eurer Hilfe, aber nicht Eures Geldes!»

«Was braucht Ihr also?» fragte ich ihn.

«Ich brauche einen Ort, wo ich mein Haupt hinlegen kann», antwortete er.

Ich schlug ihm vor: «Nimm von mir zwei Dinare, und miete dir ein Zimmer in der Herberge.»

«Ich war in jeder Herberge dieser Stadt und habe keinen Unterschlupf gefunden», sagte er, «ich habe an jede Tür geklopft und keinen Freund gefunden, ich habe jedes Restaurant betreten, und niemand hat mir ein Stück Brot gegeben.»

Ich dachte bei mir: «Wie merkwürdig ist dieser Mensch! Einmal spricht er wie ein Weiser und dann wie ein Narr!»

Als hätte er meine Gedanken gelesen, sah er mich eindringlich an und sprach lauter als zuvor: «Ja, ich bin ein Narr! Und wer so ist wie ich bin, ist ein Fremder ohne Unterkunft und ein Hungernder ohne Nahrung!»

«Entschuldigt meine Gedanken», sagte ich, «aber ich kenne Euch nicht, und Eure Worte haben mich in Erstaunen versetzt. Nehmt meine Einladung an, und verbringt diese Nacht in meinem Hause!»

Er hob seinen Kopf und sagte: «Wenn Ihr wüßtet, wer ich bin, hättet Ihr mich nicht eingeladen!»

«Und wer seid ihr?» fragte ich.

«Ich bin die Rebellion, die zerstört, was andere aufgebaut haben. Ich bin der Sturm, der die Pflanzen entwurzelt, welche Jahrhunderte aussäten. Ich kam, damit das Schwert anstelle des Friedens herrsche!»

Er erhob sich, und seine Gestalt wurde immer größer, sein Gesicht verklärte sich, und er streckte seine Arme weit aus. Da entdeckte ich in seinen Handflächen die Male von Nägeln. Ich fiel vor Ihm auf die Knie und rief:

«O Jesus von Nazareth!»

Ich hörte ihn sagen: «Die Welt feiert meinen Namen und die Überlieferungen, welche die Jahrhunderte mit meinem Namen in Verbindung gebracht haben. Ich selber aber bin ein Fremder, der den Orient und den Okzident durchwandert, ohne von jemandem erkannt zu werden. Die Füchse haben ihre Höhlen und die Vögel des Himmels ihre Nester, aber der Menschensohn hat nichts, wohin er sein Haupt legen könnte.»

In diesem Augenblick schaute ich mich um, aber ich sah nur eine Rauchsäule, und ich hörte nichts als die Stimme der Nacht, die aus den Tiefen der Ewigkeit kam.

Die Riesen

Derjenige, der mit Tinte schreibt, ist nicht zu vergleichen mit demjenigen, der mit seinem Herzblut schreibt.

Das Schweigen des Verdrusses gleicht nicht dem Schweigen, das der Kummer verursacht.

Ich habe geschwiegen, weil die Ohren der Welt sich abgewandt haben von den Seufzern der Schwachen und dem Geheul des Abgrunds ihr Gehör schenkten. Es ist nämlich weise, daß der Schwache schweigt, wenn die Mächte der Welt zu reden beginnen, denn diese Mächte verstehen nur die Sprache der Kanonen und lassen sich nur durch Gewalt überzeugen.

Wir leben in einer Zeit, in der die kleinsten und unbedeutendsten Menschen größer sind als die Großen vorangegangener Epochen. Die Dinge, die einst das Denken und Fühlen beschäftigten, sind in den Schatten getreten. Die Fragen und Probleme, die die Menschen einmal bewegten, wurden vom Schleier der Gleichgültigkeit verhüllt. Die schönen Träume, die auf der Bühne des Bewußtseins vorbeizogen, haben sich wie Wolken aufgelöst. Statt dessen traten Riesen auf, die sich Stürmen gleich bewegen, wie das Meer toben und wie Vulkane wüten.

Was geschieht mit der Welt, wenn diese Riesen ihren Kampf beendet haben? Wird der Bauer auf sein Feld zurückkehren, um dort Samen auszustreuen, wo Totenschädel gesät wurden?

Führt der Hirte seine Herde auf eine Weide, die von

Schwertern abgemäht wurde – oder an Quellen, deren Wasser mit Blut vermischt ist?

Wird der Gläubige sich in einem Tempel niederknien, wo Dämonen tanzten, und wird der Dichter seine Poesie vor Sternen aufsagen, die vom Rauch verhüllt sind?

Trägt der Sänger seine Lieder in Nächten vor, deren Stille von Angst und Schrecken vergewaltigt wurde?

Kann die Mutter an der Wiege ihres Säuglings singen, wenn die Angst um ihre Zukunft sie bedrückt?

Werden sich die Liebenden dort begegnen und umarmen können, wo sich zuvor die Feinde trafen und Schüsse austauschten?

Wird der Frühling auf die Erde zurückkehren und mit seinem Gewand die verwundeten Glieder bedecken?

Wird der Frühling auf die Felder zurückkehren?

*

Was wird meinem und eurem Land zustoßen? Welcher Riese wird sich dieser Hügel und Täler bemächtigen, die uns nährten und uns zu Männern und Frauen im Angesicht der Sonne machten.

Wird Syrien auch in Zukunft zwischen den Höhlen der Wölfe und den Schweineställen liegen? Wird es sich vor dem Sturm in die Höhle des Löwen begeben oder zum Adlerhorst aufschwingen?

Wird die Morgenröte über den Gipfeln des Libanon aufgehen?

Jedesmal, wenn ich müßig innehalte, stelle ich mir diese Fragen. Doch die Seele ist wie das Schicksal: sie sieht und bleibt stumm, und ohne sich umzuschauen schreitet sie leichten Schrittes und leuchtenden Auges voran.

89

Wer von euch, ihr Menschen, denkt nicht Tag und Nacht darüber nach, wie sich das Schicksal dieser Erde und ihrer Bewohner verändern wird, wenn jene Riesen sie beherrschen, die sich an den Tränen der Witwen und Waisen berauschen?

Ich selbst bin ein Anhänger der Evolutionstheorie. Diese Theorie läßt sich auf die Menschen und auf alle Lebewesen anwenden. Sie besagt, daß die Religionen und Staaten vom Guten zum Besseren fortschreiten, und daß sich alle Kreatur vom Schönen zum Schöneren entwickelt. Es gibt keinen Rückschritt – es sei denn in der äußeren Erscheinung, und es gibt keinen Verfall – außer an der Oberfläche.

Der Evolutionsgedanke beschreitet viele Wege; die einen zweigen von den anderen ab, doch alle haben den gleichen Ursprung. Beschränkte Geister und schwache Herzen lehnen diese Idee ab, aber sie ist vernünftig und übertrifft alle anderen menschlichen Vorstellungen.

Überall um mich herum gibt es Zwerge, die in der Ferne die Schatten der Riesen auftauchen sehen, und in ihren Träumen hören sie das Echo ihrer Lieder. Sie beginnen wie Frösche zu quaken und verkünden: «Die Welt ist zu ihren Anfängen zurückgekehrt! Was Jahrhunderte aufgebaut haben auf dem Gebiet der Wissenschaft und der Kunst, das zerstört der primitive, ungebildete Mensch durch seine Begierden und seinen Egoismus. Wir gleichen wieder den Höhlenbewohnern; was uns von ihnen unterscheidet, sind lediglich unsere Mordinstrumente und Mordtechniken.»

So reden diejenigen, die das Gewissen der Welt an ihrem eigenen Gewissen messen und die Ziele der Welt mit dem Ziel ihres kurzen Erdendaseins gleichstellen –

so, als wäre die Sonne nur da, um sie zu erwärmen, und als existiere das Meer nur, um ihnen die Füße zu waschen.

*

Aus dem Innersten des Lebens – jenseits aller sichtbaren Dinge – und aus den Tiefen des Universums, wo sich die Geheimnisse der Schöpfung verbergen, sind die Riesen wie ein Wind erschienen; wie die Wolken steigen sie auf, stehen sich Bergen gleich gegenüber und kämpfen, um die Probleme zu lösen, die nur durch Kampf gelöst werden können.

Die Menschen aber mit allem, was ihr Verstand an Wissen, ihr Herz an Liebe und Haß und ihre Seelen an Geduld birgt, diese Menschen sind nur Instrumente in der Hand der Riesen, die ihre Ziele zu erreichen suchen.

Und das Blut, das geflossen ist, wird zu einem Paradiesfluß werden; die Tränen, die vergossen wurden, werden duftende Blumen hervorbringen, und die Seelen, die ausgehaucht wurden, werden sich vereinen und sich in den Horizont aufschwingen als ein neuer Morgen. Die Menschen werden erfahren, daß sie die Wahrheit auf dem Markt verkauft haben, und daß derjenige, der sich für das Recht einsetzt, nichts verliert. Und der Frühling wird zurückkehren.

Wer aber den Frühling sucht, ohne den Winter zu erdulden, wird ihn nicht finden!

Mein Volk starb

(geschrieben während der Hungersnot im Libanon)

Meine Angehörigen starben, während ich lebe und sie in meiner Einsamkeit beweine.

Meine Lieben sind tot, und nach ihrem Tod ist mein Leben eine einzige Klage.

Meine Angehörigen und meine Freunde starben. Blut und Tränen überschwemmten die Hügel meines Landes, während ich hier lebe wie früher, als meine Familie noch unter den Lebenden weilte und die Hügel meines Landes von den Strahlen der Sonne liebkost wurden.

Meine Landsleute starben vor Hunger, und wer nicht verhungerte, kam durch das Schwert um. Ich aber lebe im fernen Land unter zufriedenen Menschen, die sich an guten Mahlzeiten und köstlichen Getränken erfreuen und in weichen Betten schlafen. Sie begrüßen die Tage mit einem Lächeln, und die Tage lächeln zurück.

Meine Angehörigen starben den verächtlichsten Tod, während ich hier in Frieden und Wohlstand lebe. Und das ist eine Tragödie, die sich auf der Bühne meines Herzens abspielt.

Wenn ich Hunger litte unter meinen hungernden Angehörigen oder verfolgt wäre inmitten meines verfolgten Volkes, dann wären meine Tage weniger bedrückend und meine Nächte weniger finster. Denn wer mit seiner Familie Leid teilt, fühlt den erhabenen Trost, den das Martyrium hervorbringt. Er kann sich rühmen, stirbt er doch unschuldig mit Unschuldigen!

Ich aber bin nicht bei meinem hungernden und verfolgten Volk, das im Reigen des Todes der Ehre des Martyriums entgegengeht. Ich bin hinter sieben Meeren und lebe im Schatten der Sicherheit. Ich bin weit entfernt von dem Leid und den Leidtragenden, und ich kann auf nichts stolz sein – nicht einmal auf meine Tränen.

Was kann der im fernen Exil Lebende für seine hungernden Angehörigen tun?

Welchen Wert haben die Klagen und Tränen eines Dichters?

Wäre ich doch nur eine Ähre, die auf der Erde meines Landes wächst! Ein hungerndes Kind könnte mich pflücken. Dank meiner Körner könnte es die Hand des Todes von sich abschütteln.

Wäre ich nur eine reife Frucht in den Gärten meines Landes! Eine hungernde Frau würde mich pflücken und essen.

Wäre ich doch ein Vogel am Himmel meines Landes! Ein hungernder Mann würde mich jagen, um mit meinem Fleisch den Schatten des Grabes von sich zu vertreiben.

Doch leider bin ich keine Ähre, die in den Ebenen Syriens wächst, noch eine Frucht von den Tälern des Libanon. Das ist mein Unglück. Es ist mein stummes Leid, das mich vor mir selber und vor den Geistern der Nacht demütigt.

Es ist eine schmerzliche Tragödie, die meine Zunge lähmt, meine Arme fesselt und meinen Willen beugt.

*

Man sucht mich zu trösten, indem man sagt: «Das Unheil deines Landes ist nur ein Teil des Unheils der Welt; die Tränen und das Blut, die in deinem Land fließen, sind nur Tropfen von den Strömen aus Blut und Trä-

nen, die Tag und Nacht in den Tälern der Welt fließen.»

Das stimmt. Doch das Unglück meines Landes ist ein
stummes Unglück, es ist ein Verbrechen, das in den
Köpfen von Schlangen und Vipern entstand. Wenn
meine Landsleute sich aufgelehnt hätten gegen die Des-
poten, die sie regieren, und als Rebellen gestorben wären, dann könnte ich sagen, daß der Tod für die Freiheit
ehrenhafter ist als das Leben im Schatten der Unterdrückung, denn wer die Ewigkeit berührt mit dem
Schwert in der Hand, wird ewig leben.

Wenn mein Volk sich am Krieg der Nationen beteiligt
und auf dem Schlachtfeld den Tod gefunden hätte, so
könnte ich sagen: Es ist der heftige Sturm, der mit seiner
Kraft die grünen und die trockenen Zweige zugleich
bricht. Und es ist besser, im Sturm umzukommen, als in
den Armen des Alters zu versterben.

Und wenn die Erde gebebt und die Trümmer meine
Familie und mein Volk verschüttet hätten, so würde ich
sagen, daß dies das Wirken unbekannter Gesetze ist, die
von Schicksalsmächten aufgestellt werden, und daß es
vermessen wäre, diese geheimen Gesetze ergründen zu
wollen.

Aber meine Landsleute starben weder als Rebellen,
noch wurden sie in einer Schlacht getötet oder durch ein
Erdbeben umgebracht. Meine Landsleute starben am
Kreuz, während sie ihre Hände hilfesuchend zum
Orient und zum Okzident ausspannten und ihre Blicke
zum finsteren Himmel erhoben. Sie starben stumm,
denn die Menschheit wollte ihre Schreie nicht hören.

Sie starben, weil sie ihre Feinde nicht lieben konnten,
wie es die Feiglinge tun, und weil sie diejenigen, die sie
lieben, nicht verleugneten.

Sie starben, weil sie keine Rechtsbrecher waren.

Sie starben, weil sie ihre Unterdrücker nicht unterdrückten.

Sie starben, weil sie den Frieden liebten.

Sie verhungerten in einem Land, in dem Milch und Honig fließen.

Sie starben, weil die höllische Viper alles verschlang, was auf ihren Feldern wuchs und was es in ihren Speichern an Vorräten gab.

Sie starben, weil Schlangen die Atmosphäre vergifteten, die einst vom Duft der Zedern und Rosen und des Jasmin erfüllt war.

Meine syrischen Landsleute! Eure und meine Angehörigen sind gestorben. Was können wir tun für diejenigen, die vom Tod noch verschont blieben? Unsere Klagen können sie nicht sättigen und unsere Tränen werden ihren Durst nicht stillen. Was können wir tun, um sie zu retten vor Hunger und Verzweiflung?

Können wir unentschieden verharren?

Können wir in unserer Trägheit diese schreckliche Tragödie verdrängen und zur Tagesordnung übergehen?

Die Menschenfreundlichkeit verlangt von dir, mein syrischer Bruder, daß du etwas von deinem Leben demjenigen gibst, der nahe daran ist, das seine zu verlieren. Nur so bist du würdig, dich zu erfreuen am Licht des Tages und am Frieden der Nacht.

Die Münze, die du in die ausgestreckte Hand des Hungernden legst, ist wie ein goldener Ring, der dein menschliches Herz mit dem Göttlichen verbindet.

Die Nationen und ihre Identität

Die Nation ist eine Gemeinschaft von Individuen, deren Charaktereigenschaften, Überzeugungen und Neigungen unterschiedlich sind. Ein Band, das stärker ist als Charaktereigenschaften, allgemeiner als Überzeugungen und tiefer als Neigungen, verbindet sie.

Die religiöse Einheit stellt einen Teil dieses Bandes dar, was nicht bedeuten muß, daß unterschiedliche Glaubensbekenntnisse die Einheit beeinträchtigen – es sei denn, dieses Band wäre sehr schwach, was in orientalischen Ländern oft der Fall ist.

Die gemeinsame Sprache kann ein Teil dieses Bandes sein. Doch es gibt viele Länder, die eine einzige Sprache sprechen; und dennoch gibt es permanent Auseinandersetzungen bezüglich der Politik, Verwaltung und der sozialen Gerechtigkeit.

Ein anderer Teil dieses Bandes kann die Blutverwandtschaft sein. Doch die Geschichte hält zahlreiche Beispiele bereit, die zeigen, daß Mitglieder eines Stammes in Fehde liegen, die sich zu Haß und Boykott steigern und zur völligen Auslöschung des Stammes führen können.

Gemeinsame materielle Interessen können der Webstuhl sein, der dieses Band webt. Aber es gibt zahlreiche Völker, wo dieser Webstuhl nichts als Konkurrenzgeist, Neid und Streit gewebt hat.

Welcher ist also der fruchtbare Boden, in dem die Stecklinge der Nationen am besten wachsen?

Über das, was die Nationen sind, bin ich im Laufe der

Zeit zu einer Ansicht gelangt, die von einigen Denkern als merkwürdig angesehen wird, da Ursprünge und Wirkungen nicht konkret meßbar sind. Meiner Meinung nach besitzt jede Nation allgemeine Wesenszüge, die denen des Individuums entsprechen. Und obgleich diese allgemeinen Wesenszüge ihre Existenz den Individuen der Nation verdanken – wie der Baum sein Leben dem Wasser, der Erde und dem Licht –, so haben diese dennoch ihr Eigenleben. Und so schwer es ist, zu bestimmen, wann sich das Wesen eines Individuums herausgebildet hat, ebenso schwer ist die Zeit zu bestimmen, in der sich die allgemeinen Wesenszüge einer Nation herauskristallisierten.

So glaube ich beispielsweise, daß sich die Identität der ägyptischen Nation etwa 500 Jahre vor dem Erscheinen des ersten Staates am Nilufer herausgebildet hat. Aus diesen allgemeinen Wesensmerkmalen entstanden dann die künstlerischen, religiösen und sozialen Errungenschaften Ägyptens.

Und was ich über Ägypten sage, gilt gleichermaßen für Assyrien, Persien, Griechenland und Rom, für die Araber und andere neuere Nationen, die nach dem Mittelalter entstanden sind.

Ich erwähnte, daß diese allgemeinen Wesensmerkmale ihr Eigenleben haben. Wie jedes Lebewesen eine begrenzte Lebensdauer hat, so auch jede Nation. Und wie sich das Leben des Individuums einteilen läßt in Kindheit, Jugend, Erwachsensein und Alter, so erstreckt sich auch die Lebenszeit jeder Nation vom Erwachen in der Morgendämmerung über den sonnenbeschienenen Mittag und den schattigen Abend zum tiefen Schlaf in der Nacht.

So hat sich die griechische Identität meiner Ansicht nach

etwa im 10. Jahrhundert vor Christus entwickelt; im 5. Jahrhundert vor Christus trat sie kraftvoll und stolz auf die Weltbühne. Zur Zeit des Nazaräers wurde sie der Träume des Wachsens überdrüssig und schlief auf ihrem Lager ein, um die Träume der Ewigkeit zu träumen.

Was die arabische Identität betrifft, so hat sie sich vielleicht im 3. Jahrhundert vor dem Islam herausgebildet. Kaum hatte sie den Propheten zur Welt gebracht, da richtete sie sich wie ein Sturm auf und fegte alles hinweg, was sich ihr in den Weg stellte. Als sie die Epoche der Abbasiden erreichte, setzte sie sich auf einen goldenen Thron, der auf zahlreichen Säulen stand – angefangen in Indien bis hin nach Andalusien. Sie erreichte ihren Untergang mit dem Auftreten der mongolischen Identität. Als diese sich vom Osten gen Westen ausbreitete, wurde die arabische Identität ihres Wachseins überdrüssig und überließ sich dem Schlaf – jedoch einem leichten Schlaf, aus dem sie jederzeit wieder aufwachen konnte, um zu realisieren und zum Ausdruck zu bringen, was in ihr verborgen ist – ebenso wie die römische Identität in der Epoche der italienischen Renaissance wiedererwachte und in den Zentren Venedig, Florenz und Mailand zu verwirklichen fortfuhr, was sie vor dem Einfall der Teutonen zu realisieren begonnen hatte.

Eine der merkwürdigsten Identitäten in der Geschichte ist die französische Identität, denn sie besteht seit fast 2000 Jahren vor dem Angesicht der Sonne und präsentiert sich immer noch in blühender Jugend und Frische. Sie ist heute von präziserem Denken, von klarerem Blick und umfassenderer Kunst, als sie es je in einer Epoche ihrer Geschichte war. Rodin, Carrière, Hugo,

Renan, de Sacy und Simonet – die alle dem 19. Jahrhundert angehören – waren auf den Gebieten der Kunst und Wissenschaft wegweisend und mit großem Vorstellungsvermögen und mit Fantasie begabt.

Das zeigt, daß einige Identitäten eine längere Lebensdauer haben als andere: die ägyptische Identität dauerte beispielsweise 3000 Jahre, die griechische dagegen nur 1000 Jahre. Die Gründe für eine kürzere oder längere Dauer der nationalen Identitäten sind die gleichen wie bei Individuen, die ja auch unterschiedliche Lebenszeiten haben.

Ich meine aber, daß diese nationalen Identitäten weder sterben noch untergehen, sondern lediglich andere Formen annehmen. Darin gleichen sie der Materie, die von einem Zustand in einen anderen, von einem Bild in ein anderes übergeht. Aber sie bleibt bestehen, so lange die Zeit besteht.

Die nationale Identität schläft zuweilen, aber es ist der Schlaf der Blumen, nachdem sie ihren Samen dem Erdboden anvertraut haben, während ihr Duft in die Atmosphäre aufgestiegen ist. Und der Duft der Blumen oder der Nationen ist meiner Meinung nach der Ausdruck ihres reinen und tiefsten Wesens. Der Duft von Theben, Babylon, Ninive, Athen und Bagdad erfüllt die Atmosphäre, welche die Erde umgibt, sowie unsere Seelen. Und wir – Individuen oder Gruppen – sind Erben aller Identitäten, die vor uns auf dieser Erde waren.

Dieses kostbare Erbe kommt nur in solchen Individuen und Gruppen zum Ausdruck, die Nationen angehören, welche ihnen ein privates Leben und einen eigenen Willen garantieren.

Philosophie der Logik
oder Selbsterkenntnis

In einer der regenreichen Nächte, wie sie Beirut im Winter oft kennt, saß Selim Effendi Duaibes vor seinem Schreibtisch, auf dem sich Bücher stapelten und Papiere häuften. Er blätterte in einem Buch, wobei er von Zeit zu Zeit den Kopf hob, während seinen vollen Lippen eine Wolke Zigarrenrauch entströmte. In seinen Händen hielt er einen philosophischen Text über die Selbsterkenntnis, zu dem Sokrates seinen Schüler Platon inspiriert hatte.

Selim Effendi meditierte die Zeilen dieses kostbaren Briefes, und er vergegenwärtigte sich, was Philosophen und Weise zu diesem Thema gesagt hatten, bis daß weder ein flüchtiger Gedanke eines westlichen Denkers noch ein Kommentar eines orientalischen Meisters übrigblieb, der ihm nicht durch den Kopf gegangen wäre.

Plötzlich erhob er sich, breitete seine Arme aus und sagte laut: «Ja, ja, die Selbsterkenntnis ist die Mutter jeder Erkenntnis! Ich muß mich gründlich kennen, jedes Molekül meiner selbst und alle meine Eigenschaften in allen Schattierungen. Ich muß die Geheimnisse meiner Seele entschleiern und alles Unklare und Zwielichtige aus meiner Seele verbannen. Ich muß mein geistiges Wesen meinem materiellen Sein enthüllen und meine materiellen Gegebenheiten meinem Geist entdecken.»

Während er so sprach, mischte sich Begeisterung in seine Stimme, und in seinen Augen leuchtete eine Flamme, die Flamme der Liebe zur Erkenntnis, das heißt der Selbsterkenntnis. Dann ging er ins Nebenzimmer, in dem sich ein großer Spiegel befand, der vom Fußboden bis zur Decke reichte. Er stellte sich wie eine Statue vor den Spiegel und studierte aufmerksam sein Abbild; er musterte sein Gesicht, seine Kopfform, seine Körpergröße und seine gesamte Erscheinung. Fast eine halbe Stunde verharrte er in dieser Pose. Er stand unbeweglich da, als ob die Ewigkeit ihn dazu befähigt hätte, in die Tiefen seiner Seele zu dringen und sie zu durchleuchten. Dann bewegten sich seine Lippen, und er sagte zu sich:

«Ich bin von kleiner Statur wie Napoleon und Victor Hugo.
Ich habe eine niedrige Stirn wie Sokrates und Spinoza.
Ich bin kahlköpfig wie Shakespeare.
Meine Nase ist groß und gebogen wie die von Savonarola, Voltaire und Georges Washington.
Meine Augen sind schwach wie die des Apostels Paulus und die von Nietzsche.
Mein Mund ist ausgeprägt, und ich habe eine vorstehende Unterlippe wie Cicero und Ludwig der XIV.
Ich habe einen kräftigen Hals wie Hannibal und Mark Antonius.
Ich habe große, abstehende Ohren wie Cervantes.
Ich habe hervortretende Wangenknochen wie Lafayette und Lincoln.
Wie Goldsmith und William Pitt habe ich ein fliehendes Kinn.
Meine Schultern sind unsymmetrisch wie die von Gambetta und Adib Ishaq (nämlich eine ist höher als die andere).
Wie Blake und Danton habe ich kurze Finger und eine fleischige Hand.

Insgesamt ist mein Körper schlank, wie es der Fall der meisten Denker ist, deren geistige Tätigkeit an ihren Körpern zehrt.

Merkwürdig ist, daß ich mich nicht zum Schreiben oder Lesen niedersetzen kann, ohne eine Kanne mit Kaffee neben mir stehen zu haben, und darin gleiche ich Balzac.

Außerdem habe ich eine Sympathie für das gemeine Volk wie Tolstoi und Maxim Gorki.

Manchmal vergehen ein bis zwei Tage, ohne daß ich mir Gesicht und Hände wasche, und darin gleiche ich Beethoven und Walt Whitman.

Wie Bocaccio und Ribali finde ich Gefallen daran, den Erzählungen der Frauen zu lauschen und zu erfahren, was sie in der Abwesenheit ihrer Männer machen.

Und was meine Freude am Wein betrifft, so übertrifft sie noch die von Noah, Abu Nuwas, von Musset und Marlow.

Wie Peter der Große und Emir Bechir asch-Schehabi bin ich ein Liebhaber von gutem Essen und reich gedeckten Tischen.»

Selim Effendi hielt in seinem Selbstgespräch kurz inne. Dann berührte er seine Stirn mit seinen Fingern und fuhr fort:

«Das bin ich! Das ist meine Realität! In mir vereinen sich all die Eigenschaften, welche die größten Männer der Geschichte – von ihren Anfängen bis zur Gegenwart – auszeichneten. Ein solcher Mann, der all diese Gaben und Vorzüge besitzt, wird ohne Zweifel etwas Großes in dieser Welt vollbringen. Der Gipfel der Weisheit ist die Selbsterkenntnis, sagt man. Und ich habe mich heute abend mit all meinen Fähigkeiten erkannt! Ab heute abend werde ich mit dem großen Werk beginnen, zu dem ich bestimmt und ausersehen bin aufgrund meiner vielseitigen Talente, denn ich vergegenwärtige die Eigenschaften und Attribute der Größten und Auserwählten der Menschheit, von Noah über Sokrates und Bocaccio bis zu Ahmed Fares Chidiac. Mir ist noch unbekannt, um welches große Werk es sich handeln wird, das ich vollbringen werde, aber ein Mann, der in seiner Person so viele Qualitäten vereint wie ich, ist ein Wunder der Tage und eine Entdeckung der Nächte... Ich habe mein Wesen erkannt, wie Gott mich erkannte. Möge das Universum bestehen bleiben, bis mein Werk vollbracht ist.»

Selim Effendi ging in seinem Zimmer hin und her – mit Zeichen freudiger Erregung auf seinem häßlichen Gesicht. Und mit einer Stimme, die dem Geheul von Katzen und dem Knirschen von Knochen glich, zitierte er den Vers von Abi-l-Ala:

> «Selbst wenn ich einer der letzten bin,
> so verwirkliche ich doch etwas,
> was die ersten nicht vermochten.»

Eine Stunde später lag unser Freund in seinem abgetragenen Anzug auf seinem Bett; sein Schnarchen erfüllte das Stadtviertel mit einem Geräusch, das eher dem Lärm eines Mühlsteins glich als der Stimme eines Menschen.

Der Sturm

I

Yussuf al-Fachry war dreißig Jahre alt, als er die Welt verließ und alles, was sie enthält, um einsam, schweigsam und zurückgezogen in einer entlegenen Einsiedelei zu leben, die am Berghang des Heiligen Tales im Norden des Libanon liegt.

Die Dorfbewohner waren über seinen Schritt geteilter Meinung. Die einen sagten: «Er ist der Sohn einer angesehenen und wohlhabenden Familie; sicher liebte er eine Frau, die ihn verlassen hat; und deshalb verließ er seine Umgebung auf der Suche nach Einsamkeit, um darin Trost zu finden.» Andere sagten: «Er ist ein Dichter und Träumer, der dem Lärm der Menschen entflieht, um seine Gedanken aufzuzeichnen und seine Gefühle in Verse zu ergießen.» Wieder andere sagten: «Er ist ein Mystiker, der die Welt verläßt, um nach seiner Religion des Herzens zu leben.» Und schließlich gab es einige, die behaupteten: «Er ist ein Narr!»

Was mich betrifft, so teilte ich weder die Meinung der einen noch die der anderen, denn ich bin mir bewußt, daß es im Innern der Seele Geheimnisse gibt, die sich weder vermuten noch erraten lassen. Insgeheim wünschte ich mir aber, diesem Mann zu begegnen und mich mit ihm zu unterhalten. Zweimal versuchte ich vergeblich, mich ihm zu nähern, um die Wahrheit über ihn zu erfahren und seine Motive kennenzulernen. Aber ich erhielt von ihm nur einen strengen Blick und einige

Worte, die Abneigung, Distanz und Stolz zum Ausdruck brachten.

Das erste Mal sah ich ihn in der Nähe des Zedernhains spazierengehen. Ich grüßte ihn mit den freundlichsten Worten; er reagierte nur mit einem Kopfnicken und entfernte sich eilig. Das zweite Mal sah ich ihn in einer Weinlaube in der Nähe seiner Einsiedelei. Ich suchte ein Gespräch zu beginnen mit den Worten: «Ich hörte, daß diese Einsiedelei von einem syrischen Mönch im 14. Jahrhundert gegründet wurde. Wissen Sie vielleicht mehr darüber?»

Er entgegnete abweisend: «Ich weiß nicht, wer sie gründete und will es auch nicht wissen!» Dann fügte er spöttisch hinzu: «Warum fragen Sie nicht Ihre Großmutter? Sie ist alt und kennt die Geschichte dieses Tales besser als ich.» Nach diesen Worten kehrte er mir den Rücken zu. Ich verließ ihn, indem ich meine Aufdringlichkeit bedauerte.

Zwei Jahre vergingen, in denen mir das geheimnisvolle Leben dieses Mannes bisweilen in den Sinn kam oder seine Gestalt mir im Traum erschien.

2

An einem Herbsttag, als ich wieder einmal unweit der Einsiedelei des Yussuf al-Fachry über Hügel und durch Täler streifte, wurde ich von einem heftigen Gewitter überrascht. Sturm und Regen setzten mir ordentlich zu, und ich glich einem Segelboot auf stürmischer See, das von den Wellen zerstört und dessen Segel vom Wind zerrissen werden. Ich flüchtete zur Einsiedelei, indem ich mir sagte: Das ist eine günstige Gelegenheit, den

Einsiedler zu besuchen, denn der Sturm ist mein Vorwand, und meine durchnäßten Kleider sind ein ausreichender Grund.

Ich erreichte die Einsiedelei in einem bedauernswerten Zustand. Kaum hatte ich an die Tür geklopft, da stand der Mann vor mir, den ich seit langem zu treffen wünschte. In seiner Hand hielt er einen Vogel mit aufgeplusterten Federn und verletztem Kopf, der schwer atmete, als würde er sein Leben aushauchen. Ich grüßte ihn und sagte: «Entschuldigen Sie, daß ich in diesem Zustand zu Ihnen komme, aber das Unwetter hat mich überrascht, und ich bin weit entfernt von zu Hause.»

Er sah mich mißbilligend an und entgegnete mit verächtlichem Tonfall: «Es gibt viele Grotten in dieser Gegend, in denen Ihr hättet Zuflucht suchen können!»

Während er dies sagte, streichelte er den Kopf des Vogels mit einer solchen Zärtlichkeit, wie ich sie nie in meinem Leben wahrgenommen hatte. Ich wunderte mich über den auffallenden Kontrast seines Verhaltens – der Zärtlichkeit gegenüber dem Vogel und der Strenge mir gegenüber – und war verwirrt. Als hätte er erraten, was in mir vorging, schaute er mich an und sprach: «Der Sturm nährt sich nicht von saurem Fleisch. Warum fürchtet Ihr Euch und flieht vor ihm?»

«Mag der Sturm sich das saure Fleisch versagen», entgegnete ich ihm, «dem frischen aber ist er sicher zugetan, und in mir hätte er einen leckeren Bissen gefunden.»

Seine Züge entspannten sich etwas, und er sagte: «Wenn der Sturm Euch einem Bissen gleich vertilgt hätte, dann hättet Ihr Euch eine Ehre erworben, die Ihr jetzt nicht verdient habt.»

«Ja», erwiderte ich, «ich bin dem Sturm entflohen und

zu Euch geeilt, um dieser Ehre nicht teilhaftig zu werden, die ich nicht verdiene.»

Er wandte sein Gesicht von mir ab, um den Anflug eines Lächelns zu verbergen, dann lud er mich ein, mich auf eine Holzbank zu setzen, die neben einer offenen Feuerstelle stand, in der ein Feuer brannte, und er sagte: «Setzt Euch hierhin und trocknet Eure Kleider!»

Ich ließ mich neben dem Feuer nieder und dankte ihm.

Er nahm mir gegenüber auf einer Steinbank Platz, tauchte seine Fingerspitzen in eine ölige Flüssigkeit, die sich in einer irdenen Schale befand, und bestrich damit sanft den Flügel des Vogels und seinen verletzten Kopf. Dann wandte er sich mir zu und erklärte: «Der Wind hat diese Amsel gegen einen Felsen geschleudert, und als ich sie fand, schwebte sie zwischen Leben und Tod.»

«Und mich trieb der Wind an Eure Tür», entgegnete ich, «und bis jetzt weiß ich nicht, ob er meine Flügel gebrochen oder meinen Kopf verletzt hat.»

Er sah mich an und sprach: «Es wäre gut, wenn die Menschen ein wenig von der Natur der Vögel hätten! Es wäre auch wünschenswert, wenn die Stürme die Flügel der Menschen stutzten und ihre Köpfe verletzten! Doch der Mensch ist ängstlich und feige. Sobald er merkt, daß sich ein Sturm erhebt, verbirgt er sich in den Spalten der Erde und in ihren Grotten.»

Bemüht, das Gespräch nicht abbrechen zu lassen, antwortete ich: «Ja, dem Vogel kommt eine Ehre zu, die der Mensch nicht besitzt. Der Mensch lebt im Schatten von Gesetzen und Traditionen, die er sich selbst geschaffen hat, während die Vögel nach dem absoluten und universellen Gesetz leben, nach dem die Erde sich um die Sonne dreht.»

Sein Blick erhellte sich, als hätte er in mir einen Schüler

gefunden, der schnell begreift, und er sagte: «Sehr gut, sehr gut, wenn Ihr also wirklich glaubt, was Ihr sagt, dann verlaßt die Menschen mit ihren verdorbenen Traditionen und ihren kleinbürgerlichen Gesetzen und lebt wie die Vögel an einem unbewohnten Ort, wo nur die Gesetze der Erde und des Himmels herrschen.»

«Ich glaube an das, was ich sage!» erwiderte ich.

Er erhob seine Hand und entgegnete mit einer Spur von Hartnäckigkeit in seiner Stimme: «Der Glaube ist eine Sache, und nach ihm zu handeln eine andere. Zahlreich sind diejenigen, die wie das Meer reden, doch ihr Leben gleicht einem Sumpf. Zahlreich sind diejenigen, die ihre Köpfe über die Bergesgipfel erheben, doch ihre Seelen schlummern in dunklen Höhlen.»

Ohne mir eine Gelegenheit zu lassen, ihm darauf zu antworten, wandte er sich ab und bettete die Amsel auf ein altes Gewand in der Nähe des Fensters; dann legte er Holz ins Feuer und forderte mich auf: «Zieht Eure Schuhe aus und trocknet Eure Füße; die Feuchtigkeit schadet der Gesundheit des Menschen mehr als alles andere! Habt keine falsche Scham!»

Ich näherte mich dem Feuer, und der Dampf zog aus meinen feuchten Sachen. Er verweilte eine Zeitlang an der Schwelle der Einsiedelei und schaute in den entfesselten Kosmos. Nach einigem Zögern fragte ich ihn: «Lebt Ihr schon lange in dieser Einsiedelei?»

Ohne mich anzusehen, antwortete er: «Ich kam in diese Einsiedelei, als die Erde verwüstet und leer war, Finsternis bedeckte sie, und der Geist Gottes schwebte über den Wassern.»

Schweigend dachte ich bei mir: Wie merkwürdig ist dieser Mensch, und wie schwierig ist es, seine Wahrheit zu entdecken! Aber ich muß die Geheimnisse seiner

Seele erfahren. Ich werde warten, bis sein Stolz und Hochmut sich in Sanftmut und Milde wandeln.

3

Die Nacht hüllte die weiten Ebenen in ein schwarzes Gewand; der Sturm hatte sich verstärkt, und der Regen goß in Strömen. Es kam mir vor, als wäre eine neue Sintflut ausgebrochen, um alles Leben zu vernichten und die Erde vom Schmutz der Menschen zu befreien. Beim Aufruhr der Elemente schien in Yussuf al-Fachrys Geist – als eine Art Gegenreaktion – Ruhe und Gelassenheit einzukehren, und seine anfängliche Abneigung gegen mich wandelte sich in Sympathie. Er erhob sich, zündete zwei Kerzen an, stellte einen Krug Wein vor mich hin sowie ein Tablett mit Brot, Käse, Oliven, Honig und getrockneten Früchten. Dann setzte er sich mir gegenüber und sagte freundlich: «Das ist alles, was ich an Proviant besitze; ich bitte dich, Bruder, ihn mit mir zu teilen!»
Wir aßen schweigend unser Abendessen und lauschten dem Heulen des Windes und dem Strömen des Regens. Unterdessen beobachtete ich sein Gesicht und suchte darin die Gründe für seine merkwürdige Lebensführung zu finden. Nach dem Essen holte er hinter der Feuerstelle eine kupferne Cafetière hervor, aus der er zwei Tassen duftenden Kaffees einschenkte. Dann öffnete er eine Zigarettendose und sagte: «Bediene dich, Bruder!»
Verwundert nippte ich an dem Kaffee und zündete mir eine Zigarette an. Er sah mich an, als ob er meine Gedanken erriete, lächelte und sagte, nachdem er sich auch eine

Zigarette angezündet hatte: «Du bist sicher erstaunt, daß es in dieser Einsiedelei Wein, Tabak und Kaffee gibt, und gewiß findest du es seltsam, daß es hier ein Bett und ein reichliches Mahl gibt. Ich tadele dich nicht, wenn du mir deswegen Vorwürfe machst. Wie viele andere glaubst du nämlich, daß die Tatsache, weit entfernt von den Menschen zu leben, bedeutet, daß man auf das Leben und die Freuden des Lebens verzichten müsse.»

«Ja», sagte ich, «wir sind gewohnt anzunehmen, daß derjenige, der sich der Welt entzieht, um Gott allein anzubeten, auch alles hinter sich läßt, was die Welt an Freuden und Vergnügungen bietet, um ein asketisches Leben zu führen und sich von Wasser und grünen Pflanzen zu nähren.»

«Ich hätte Gott inmitten seiner Schöpfung anbeten können», entgegnete er, «denn die Anbetung Gottes verlangt keine Einsamkeit und Zurückgezogenheit. Ich verließ nicht die Welt, um Gott zu suchen, denn ich hatte ihn bereits gefunden im Hause meines Vaters und an jedem anderen Ort. Ich zog mich von den Menschen zurück, weil mein Charakter nicht mit ihren Charakteren übereinstimmt und weil meine Träume nichts gemein haben mit ihren Träumen. Ich verließ die Menschen, denn ich empfand mich wie ein Rad, das sich rechts herum dreht, während sich alle anderen Räder linksherum drehen. Ich verließ die Stadt, denn sie kam mir vor wie ein kranker Baum: seine Wurzeln befinden sich im Dunkeln der Erde, und seine Zweige reichen bis zu den Wolken, aber seine Blüten sind nichts als Begierden, Laster und Verbrechen, und seine Früchte sind Unglück, Elend und Sorge. Einige Reformer versuchten, ihn zu veredeln, aber sie hatten keinen Erfolg damit, und sie starben besiegt, verzweifelt oder im Exil.»

Er näherte sich der Feuerstelle, und als hätte er Freude gefunden an der Wirkung seiner Worte auf mich, fuhr er mit etwas lauterer Stimme fort: «Nein, ich suchte nicht die Einsamkeit zugunsten des Gebetes und der Askese; das Gebet ist der Gesang des Herzens, und es erreicht Gottes Ohr, auch wenn es sich inmitten von Geschrei erhebt; und die Askese ist die Unterwerfung des Körpers unter den Willen sowie die Abtötung seiner Wünsche und Begehrlichkeiten. Und das sind Dinge, die in meiner Religion keinen Platz haben. Denn Gott schuf den Körper als Tempel der Seele, und wir haben die Aufgabe, diesen Tempel zu erhalten, damit er stark und rein bleibt und würdig der Gottheit, die in ihm wohnt. Nein, mein Bruder, ich suchte nicht die Einsamkeit um der Askese und des Gebetes willen, sondern um den Menschen zu entfliehen, um ihren Gesetzen und Traditionen, ihren Lehren und Ideen, ihrem Lärm und ihrer Unruhe den Rücken zu kehren. Ich suchte die Einsamkeit, um nicht die Gesichter der Männer sehen zu müssen, die ihre Seelen verkaufen und von dem Erlös Dinge erstehen, die weit unter dem Wert ihrer Seelen liegen: Macht und Ehre. Ich suchte die Einsamkeit, um nicht den Frauen zu begegnen, die ihre Hälse strecken, mit den Augen zwinkern und mit tausend Lächeln auf ihren Lippen ein einziges Ziel verfolgen. Ich suchte die Einsamkeit, um nicht Halbwissern Gesellschaft leisten zu müssen, die im Schlaf eine Form des Erkennens sehen und glauben, in die Tiefen der Erkenntnis vorgedrungen zu sein, oder jenen, die im Wachen eine Form der Wahrheit sehen und dafür halten, die absolute Wahrheit zu besitzen. Ich suchte die Einsamkeit, denn ich verachte die Schmeicheleien des Rohlings, der Freundlichkeit für Schwachheit hält, Toleranz für Feigheit und

Seelengröße für Hochmut. Ich suchte die Einsamkeit, denn ich war des Umgangs mit den Reichen überdrüssig, die davon überzeugt sind, daß die Sonnen, Monde und Sterne aus ihren Schatztruhen aufgehen und in ihre Tresore untergehen. Ich hatte es satt, mit Politikern Umgang zu pflegen, die mit den Wünschen der Nation ihr Spiel treiben, indem sie goldschimmernden Sand in ihre Augen streuen und ihre Ohren mit wohlklingenden Worten füllen. Und es ödete mich an, Priestern zu begegnen, die den Menschen predigen, was sie sich selber nicht predigen, und von ihnen verlangen, was sie von sich selber nicht verlangen. Ich suchte die Einsamkeit auf, weil ich aus der Hand eines Menschen noch nie etwas erhalten habe, was ich nicht zuvor mit meinem Herzen bezahlt hatte. Ich suchte die Einsamkeit auf, weil mich dieses gigantische Gebäude, das man Zivilisation nennt, anwidert, dieses sorgsam errichtete und prächtig geschmückte Gebäude, das auf einem Berg menschlicher Totenschädel errichtet wurde.

Ich suchte die Einsamkeit, denn in der Einsamkeit finden wir das Leben der Seele, des Geistes und des Körpers. Ich suchte die leere Wüste, denn in der Wüste entdecken wir das Licht der Sonne, den Duft der Blumen und die Melodien der Flüsse. Ich zog mich ins Gebirge zurück, denn hier erlebt man das Erwachen des Frühlings, die Sehnsucht des Sommers, die Lieder des Herbstes und die Macht des Winters. Ich kam in diese entfernte Einsiedelei, weil ich die Geheimnisse der Erde kennenlernen will und mich dem Throne Gottes nähern möchte.»

Er schwieg und atmete tief, als ob man eine schwere Last von seiner Schulter genommen hätte, seine Augen leuchteten, und auf seinem Gesicht konnte man Anzeichen von Stolz und Entschlossenheit lesen.

Ich betrachtete ihn eine Weile und dachte darüber nach, was er mir enthüllt hatte. Dann sagte ich: «Du hast recht in allem, was du gesagt hast. Aber indem du die Krankheiten der Gesellschaft so trefflich diagnostizierst, hast du mir bewiesen, daß du ein brillianter Arzt bist. Und meinst du nicht, daß es einem Arzt nicht erlaubt ist, den Kranken aufzugeben und zu verlassen, bevor er entweder geheilt oder gestorben ist? Die Welt braucht dringend Menschen wie dich, und es ist bedauerlich, daß du dich von den Menschen zurückziehst, während du ihnen nützlich sein könntest.»

Er sah mich einen Moment an, dann entgegnete er mit einem Ton von Bitterkeit: «Seit Anbeginn der Welt versuchen Ärzte, die Kranken von ihren Krankheiten zu befreien. Die einen versuchten es mit Seziermessern, die anderen mit Medikamenten; doch alle starben hoffnungslos. Möge der Kranke sich damit begnügen, auf seinem Lager zu liegen und sein Leiden zu akzeptieren; aber er greift jedem an den Hals, der ihn besucht oder pflegt, um ihn zu erwürgen. Und was mich auf die Palme bringt, ist, daß dieser bösartige Kranke seinen Arzt umbringt und dann seine Augen schließt und sagt: ‹das war wirklich ein großer Arzt!›... Nein, mein Bruder, es gibt unter den Menschen keinen, der einem anderen Menschen nützlich sein könnte. Selbst der Bauer – so fähig er sein mag – kann seine Felder nicht im Winter nutzen.»

«Der Winter der Welt geht vorüber», gab ich zu bedenken, «und danach kommt ein herrlicher Frühling, und auf den Feldern blühen die Blumen, und die Flüsse singen in den Tälern.»

Er runzelte die Stirn und sagte mit einem Seufzer: «Ich weiß nicht, ob Gott das menschliche Leben, das eine Ewigkeit dauert, in Jahreszeiten einteilt, die den Jahreszeiten in der Natur in ihrer Abfolge gleichen. Wird es in Tausenden von Jahren auf dieser Erde eine menschliche Gesellschaft geben, die aus dem Geist und der Wahrheit lebt? Wird eine Zeit kommen, die den Menschen ehrt, die ihn in die Mitte des Lebens stellt, eine Zeit, in der sich der Mensch am Licht des Tages und an der Stille der Nacht erfreut? Was meinst du, wird das jemals eintreten? Wird sich das verwirklichen, wenn die Erde der Ketten und Fesseln des Menschen überdrüssig ist und genug Menschenblut getrunken hat?»

Er erhob seine Rechte, als ob er auf eine andere Welt hinweisen wollte und sagte: «Das sind alles Träume, und diese Einsiedelei ist kein Haus für Träume! Jeder Winkel dieses Raumes ist erfüllt von dem, was ich sicher weiß, ja sogar diese Täler und Berge sind davon erfüllt. Und was ich sicher weiß, ist dies: Ich bin ein menschliches Wesen, das in seinem Innersten Hunger und Durst verspürt. Und ich habe ein Recht darauf, diesen Hunger und Durst mit dem Brot und Wein des Lebens zu stillen – aus Gefäßen, die ich mit meinen eigenen Händen herstelle. Deshalb verließ ich die Tische der Menschen und ihre Feste, und ich kam an diesen einsamen Ort, wo ich bis zum Ende meines Lebens bleiben werde.»

Er ging im Raum auf und ab, während ich ihn betrachtete, über seine Worte nachsann und mir die Motive vorzustellen versuchte, die es bewirkt hatten, daß er die menschliche Gesellschaft in so düsteren Farben und krummen Linien sah. Dann unterbrach ich ihn und sagte: «Ich respektiere deine Ideen und Ziele! Ich respektiere auch deine Einsamkeit. Aber ich weiß auch

– und dieses Wissen enthält ein Bedauern –, daß diese unglückliche Nation durch deine Abwendung von ihr einen fähigen Menschen verloren hat, der ihr hätte bestens dienen und nützen können.»

Er entgegnete kopfschüttelnd: «Diese Nation ist wie alle anderen Nationen, denn die Menschen sind alle gleich veranlagt, und sie unterscheiden sich lediglich durch äußere Erscheinungsformen, die unwesentlich sind. Das Elend der orientalischen Nationen ist das Elend der ganzen Welt. Und was man als Evolution im Okzident bezeichnet, ist nur eine Form der Illusion. Heuchelei bleibt Heuchelei, selbst wenn sie sich die Nägel schneidet, Betrug bleibt Betrug – auch mit gefärbten Fingernägeln; und Lüge wird keine Wahrheit dadurch, daß sie sich in Seide hüllt und Schlösser bewohnt; Verrat wandelt sich nicht in Treue, weil er Schnellzüge und Flugzeuge benutzt; Ehrgeiz wird nicht zur Genügsamkeit, weil er imstande ist, Entfernungen zu vermessen und Gewichte festzustellen; Verbrechen werden keine Tugenden, weil Firmen und Institute sie in Auftrag geben. Und was die Sklaverei betrifft – die Sklaverei des Lebens durch Vergangenheit, Erziehung, Tradition und Mode –, so bleibt sie Sklaverei, selbst wenn sie ihr Gesicht anmalt und ihre Kleidung wechselt; sie bleibt Sklaverei, auch wenn sie sich den Namen Freiheit zulegt. Nein, mein Bruder, der Mensch im Okzident ist nicht fortgeschrittener als der Orientale, und der Orientale ist nicht weiser als der Mensch im Westen. Der Unterschied zwischen ihnen ist der gleiche wie zwischen Wolf und Hyäne. Ich habe diese Gesellschaften beobachtet und hinter allen unterschiedlichen äußeren Erscheinungsformen ein einziges Grundgesetz erkannt, das gerecht ist, und das Elend,

Blindheit und Unwissenheit zu gleichen Teilen verteilt, ohne ein Volk einem anderen vorzuziehen oder eine Gruppe mehr zu unterdrücken als eine andere.»

Seine Worte versetzten mich in Erstaunen, und ich antwortete verwirrt: «Also ist deiner Meinung nach alle Zivilisation und alles, was sie mit sich bringt, umsonst?»

«Ja», bestätigte er, «alle Zivilisation und alles, was sie mit sich bringt, ist eitel. Die Erfindungen und Entdeckungen sind nichts als Spielzeuge, mit deren Hilfe der Verstand Ablenkung sucht, wenn er sich in einem Zustand der Langeweile und des Verdrusses befindet. Die Verkürzung der Entfernungen, die Einebnung der Gebirge, die Beherrschung der Meere und des Weltraums sind nichts als trügerische Früchte aus Dunst, die weder das Auge erfreuen, noch das Herz erquicken oder die Seele erheben können. Und was Kenntnisse und Kunst betrifft, so sind sie goldene Fesseln und Ketten, die der Mensch hinter sich herzieht, erfreut über ihren Glanz und das Klirren ihrer Ringe, es sind Käfige, deren Stangen und Gitter der Mensch vor Jahrhunderten zu schmieden begann, ohne zu wissen, daß er am Ende seiner Arbeit und seines Wirkens sich selbst im Innern dieser Käfige gefangen findet. Ja, eitel sind die Werke des Menschen, eitel sind seine Absichten und Ziele, seine Neigungen und Wünsche; eitel ist alles auf dieser Welt. Doch unter all den Eitelkeiten des Lebens gibt es etwas, das wert ist, daß man es begehrt, wünscht und liebt.»

«Und was ist das?» fragte ich neugierig.

Er verharrte eine Weile schweigend, dann schloß er seine Augenlider, verschränkte seine Hände auf seiner Brust und sagte mit leuchtendem Gesicht und entspannten Zügen: «Es ist ein Erwachen in den tiefsten Tiefen der Seele. Es ist eine Idee, die den Geist des Menschen überfällt und seinen Blick öffnet, so daß er das Leben anders sieht. Er sieht es umgeben von einer Aureole, wie ein Lichtturm zwischen Himmel und Erde aufgerichtet, und es ist voller Melodien. Es ist wie eine Flamme, die plötzlich im Innern auflodert, die das trockene Gras der Umgebung verbrennt und lodernd in den Raum aufsteigt. Es ist ein Gefühl der Sympathie und Zuneigung, die das ganze Herz erfüllt und alles verachtet, was nicht mit ihr übereinstimmt und alle geringschätzt, die in diese Geheimnisse nicht eingeweiht sind. Es ist eine unsichtbare Hand, die den Schleier von meinen Augen entfernte, als ich inmitten der Menschen war, mit meinen Familienangehörigen, Freunden und Landsleuten. Ich hielt überrascht inne und sagte mir: Was sind das für Gesichter, die mich anstarren? Woher kenne ich sie? Wo traf ich sie? Und warum halte ich mich bei ihnen auf? Bin ich nicht ein Fremder unter ihnen, und sind sie nicht Fremde in Häusern, die das Leben für mich gebaut hat, und deren Schlüssel es mir anvertraut hat?»

Er schwieg, als ob die Erinnerung Bilder in sein Gedächtnis projiziert hätte, die er nicht preisgeben wollte. Dann breitete er seine Arme aus und sagte flüsternd: «Das ist es, was mir vor vier Jahren widerfuhr. Da verließ ich die Welt und kam in diese Wildnis, um im Zustand des Wachens zu leben, und um mich zu erfreuen am Denken, Fühlen und Schweigen.»

Er ging zur Tür der Einsiedelei und schaute in die Nacht. Dann sagte er mit lauter Stimme, als ob er sich an den Sturm wandte: «Es ist ein Erwachen in den Tiefen der Seele. Wer es kennengelernt hat, vermag es nicht in

Worte zu kleiden. Und wer es nicht kennt, wird seine Geheimnisse nie erahnen.»

4

Eine Stunde verging, die erfüllt war vom Geflüster der Gedanken und vom Heulen des Sturmes. Yussuf al-Fachry ging im Innern der Einsiedelei auf und ab. Von Zeit zu Zeit blieb er am Eingang stehen und blickte in die verregnete Nacht. Ich verharrte schweigend, lauschte den Schwingungen seines Geistes und dachte über seine Worte nach sowie über sein Leben und was sich darin an Freuden der Einsamkeit und Leiden verbarg.

Nach Mitternacht näherte er sich mir und betrachtete lange mein Gesicht, als wollte er sich das Bild des Menschen einprägen, dem er das Geheimnis seiner Einsamkeit und Zurückgezogenheit offenbart hatte. Dann sagte er: «Ich gehe jetzt, denn im Sturm zu laufen, ist für mich eine Freude, die ich im Herbst und Winter genieße. Hier ist die Cafetière, und hier sind die Zigaretten. Wenn du Wein trinken willst, so findest du ihn in diesem Krug, und wenn du schlafen willst, so nimm dir Decke und Kissen aus dieser Ecke.»

Nach diesen Worten hüllte er sich in einen dicken, schwarzen Umhang und sagte lächelnd: «Ich bitte dich, die Tür der Einsiedelei zu schließen, wenn du sie morgen früh verläßt, denn ich werde den morgigen Tag im Zedernhain verbringen.»

Er ging zur Tür, nahm einen langen Stock von der Wand und sprach: «Wenn der Sturm dich ein zweites Mal in dieser Umgebung überrascht, dann zögere nicht, in die Einsiedelei zu kommen. Allerdings wäre ich froh, wenn du deiner Seele die Liebe zum Sturm beibringst und nicht die Angst davor! Guten Abend, Bruder!» Und er trat eilig in die Nacht hinaus.

Als ich an die Tür der Einsiedelei trat und ihm nachblickte, hatte die Finsternis ihn bereits aufgenommen, und man hörte nur noch das Hallen seiner Schritte auf dem Kiesweg.

Als der Morgen kam, war der Sturm vorbei, die Wolken hatten sich zerstreut, und Felsen und Wälder erschienen im neuen Schmuck des Sonnenlichts. Ich verließ die Einsiedelei, nachdem ich ihre Tür gut verschlossen hatte. Da geschah in meiner Seele etwas von dem geistigen Erwachen, von dem Yussuf al-Fachry gesprochen hatte.

Kaum hatte ich die Häuser der Menschen erreicht, sah ihre Betriebsamkeit und hörte ihren Lärm, da hielt ich einen Moment inne und sagte mir: Ja, das geistige Erwachen ist das wichtigste Ereignis im Menschen; es ist sogar das Ziel seines Lebens. Aber ist nicht auch die Zivilisation mit allem, was sie enthält, ein Weg zum geistigen Erwachen? Wie ließe sich das leugnen? Zwar mag unsere gegenwärtige Zivilisation eine vorübergehende Erscheinungsform sein, doch das ewige Gesetz macht aus diesen vorübergehenden Manifestationen eine Leiter, deren Sprossen uns zum absoluten Wesen führen.

Ich habe Yussuf al-Fachry kein weiteres Mal mehr getroffen, denn das Schicksal hat mich am Ende jenes Herbstes aus dem Nordlibanon verbannt. Ich emigrierte in ein entferntes Land, dessen Stürme gezähmt sind. Und was die Askese betrifft, so hält man sie in diesem Land für eine Torheit.

Der Teufel und der Priester

Der Priester Semaan galt als sachkundiger Kenner auf dem Gebiet theologischer Fragen und spiritueller Angelegenheiten; er war vertraut mit den Geheimnissen läßlicher und tödlicher Sünden und kannte sich aus in den Mysterien von Himmel, Hölle und Fegefeuer.

Unermüdlich wanderte er durch die Dörfer des Nordlibanon, um den Menschen zu predigen, ihre Seelen vor den Listen des Teufels zu schützen und sie vom Übel der Sünde zu befreien. Der Teufel war der erklärte Feind des Priesters Semaan, gegen den er unablässig zu Felde zog.

Die Dorfbewohner schätzten sich glücklich, einen so eifrigen Priester zu haben, und sie belohnten ihn für seine Ermahnungen und Gebete mit Silber und Gold. Alle wetteiferten darin, ihm die köstlichsten Früchte ihrer Bäume und die besten Ernten ihrer Felder anzubieten.

An einem Herbstabend, als der Priester Semaan durch eine menschenleere Gegend zu einem entfernten Dorf unterwegs war, das einsam zwischen Bergen und Tälern lag, hörte er ein Stöhnen und Wehklagen, das von einer Seite des Weges kam. Er ging dem Geräusch nach und entdeckte einen nackten Mann, der auf der Erde lag. Er blutete aus tiefen Wunden in seinem Kopf und seiner Brust, und er rief verzweifelt um Hilfe: «Hab Mitleid mit mir, sonst sterbe ich! Rette mich! Hilf mir!»

Verwirrt hielt der Priester Semaan an, und während er den Verletzten betrachtete, sagt er sich: «Das ist sicher ein Räuber, der versucht hat, einen Vorübergehenden zu überfallen, und er ist von ihm überwältigt worden. Wenn er stirbt, während ich bei ihm bin, wird man mich möglicherweise noch einer Tat beschuldigen, die ich nicht begangen habe.»

Nach dieser Erwägung wollte er seinen Weg fortsetzen, doch der Verletzte rief: «Laß mich nicht im Stich, sonst werde ich sterben. Du kennst mich, und ich kenne dich! Du mußt mir helfen!»

Der Priester erblaßte und sagte sich: «Er muß ein Verrückter sein, der durch diese Wildnis irrt! Der Anblick seiner Wunden jagt mir Angst ein! Was kann ich für ihn tun? Ein Seelenarzt kann nicht den Körper heilen!»

Der Priester Semaan zögerte, aber der Verwundete schrie mit einer Stimme, die einen harten Felsen hätte erweichen müssen: «Komm näher! Komm näher! Wir sind alte Freunde! Du bist der Priester Semaan, der gute Hirte, und ich bin weder ein Räuber noch ein Verrückter! Komm näher und laß mich nicht alleine sterben in dieser Wüste! Komm näher, und ich werde dir sagen, wer ich bin.»

Der Priester Semaan näherte sich dem Sterbenden widerstrebend und starrte ihn an. Er erblickte ein Gesicht mit merkwürdigen Zügen, in dem sich Intelligenz und List, Häßlichkeit und Schönheit, Verstellung und Sanftmut vereinten. Er trat zurück und rief: «Wer bist du?»

Der Sterbende sagte mit leiser Stimme: «Hab keine Angst, Vater! Hilf mir lieber aufzustehen und zum nahen Fluß zu gehen, damit ich mir mit deinem Taschentuch meine Wunden auswaschen kann! Wir sind nämlich alte Freunde!»

«Sag mir erst, wer du bist», entgegnete der Priester, «denn ich kenne dich nicht, und ich erinnere mich nicht, dich in meinem Leben schon einmal gesehen zu haben.»

Der Verletzte antwortete mit einer Stimme, in die sich das Röcheln des Todes mischte: «Du weißt, wer ich bin, denn du bist mir Tausende Male begegnet, und überall hast du mein Gesicht gesehen. Ich bin die Kreatur, die dir am nächsten steht, und ich bin wichtiger für dich als dein Leben.»

«Du bist ein Lügner und Betrüger!» rief der Priester. «Ein Sterbender sollte die Wahrheit sagen! Nie in meinem Leben sah ich dein Gesicht. Sag mir, wer du bist, sonst lasse ich dich hier verbluten!»

Der Verwundete bewegte sich ein wenig und musterte mit seinen Augen den Priester, während sich auf seinen Lippen ein bedeutungsvolles Lächeln abzeichnete. Dann sagte er mit gedämpfter Stimme: «Ich bin Satan!»

Der Priester schrie auf, und sein Schrei hallte tief ins Tal hinein. Dann sah er sich sein Gegenüber genau an und stellte fest, daß der Verwundete in allen Einzelheiten und in seinen Gesichtszügen den Dämonen glich, die dargestellt sind auf dem Bild des Jüngsten Gerichts, das in der Dorfkirche hängt. Und er rief: «Gott ließ mich deine höllische Erscheinung sehen, damit ich dich um so mehr verachte. Sei verflucht bis in die Ewigkeit!»

«Sei nicht voreilig, mein Vater», mahnte der Teufel, «und verlier keine Zeit mit unnützen Reden! Komm und verbinde meine Wunden, damit ich nicht verblute!»

Der Priester antwortete: «Meine Hände, die täglich den Leib des Herrn berühren, werden niemals deinen Körper anfassen, der aus dem Höllenpfuhl kommt! Stirb, denn dich verfluchen die Zungen aller Jahrhunderte und die Lippen der ganzen Menschheit, deren Feind und Zerstörer du bist!»

Der Teufel wurde unruhig und sprach: «Du weißt nicht, was du sagst! Hör zu, ich will dir meine Geschichte erzählen: Heute streifte ich alleine durch dieses menschenleere Tal. Als ich an diesem Ort ankam, traf ich eine Gruppe von Engeln, die sich auf mich stürzten und mich zusammenschlugen. Wenn nicht einer von ihnen ein Schwert mit doppelter Schneide gehabt hätte, wäre der Kampf vielleicht anders verlaufen. Aber was kann ein Unbewaffneter gegen eine Gruppe Bewaffneter ausrichten?»

Der Teufel unterbrach seine Rede für einen Augenblick und legte seine Hand auf eine tiefe Wunde an seiner Seite. Dann fuhr er fort: «Ich glaube, es war Michael, der das Schwert mit der doppelten Schneide trug. Er ist ein Meister mit der Waffe. Wenn ich mich nicht auf die Erde geworfen und den Sterbenden gespielt hätte, so hätte er mir nicht ein Glied neben dem anderen gelassen.»

«Gepriesen sei der Name Michaels», sagte der Priester, «denn er hat die Menschheit von einem bösartigen Feind befreit!»

«Meine Feindschaft der Menschheit gegenüber ist nicht schlimmer als deine Feindseligkeit gegenüber dir selber!» entgegnete der Teufel. «Du preist Michael, der dir nicht von Nutzen ist, und du verfluchst meinen Namen in der Stunde meiner Niederlage, obgleich ich der Grund für deine Wohlhabenheit war und immer noch bin. Leugnest du etwa meine Wohltaten? Weißt du nicht, daß du meiner Existenz dein Leben verdankst, da ich die Quelle deines Einkommens bin? Setzt deine ganze Wirksamkeit nicht meinen Namen und meine Existenz voraus? Oder genügt dir meine Vergangenheit, um meine Gegenwart und Zukunft zu ersetzen? Ist dein Vermögen schon so groß, daß es keiner weiteren Zunahme mehr bedarf? Weißt du nicht, daß deine Frau und deine Kinder, die ja zahlreich sind, ihren Lebensunterhalt verlieren, wenn ich sterbe. Nach meinem Tod würden sie verhungern; oder was wirst du machen, wenn das Schicksal meinen Tod beschließt? Welchen Beruf wirst du ausüben, wenn die Winde meinen Namen von der Erde verbannen? Seit 25 Jahren ziehst du durch die Dörfer dieses Gebirges, um den Menschen zu verkünden, daß sie sich vor meinen Listen in acht nehmen sollen. Sie kaufen deine Predigten mit ihrem Geld und mit den Erträgen ihrer Ernten. Was werden sie dir morgen abkaufen, wenn sie erfahren, daß ihr Feind, der Teufel, tot ist, und daß sie nun vor seinen Listen und Irreführungen sicher sind? Welches Amt wird dir das Volk anvertrauen, wenn die Aufgabe, gegen den Teufel anzukämpfen, durch den Tod des Teufels hinfällig wird? Weißt du nicht – als ausgezeichneter Theologe –, daß erst die Existenz des Teufels das Priesteramt notwendig machte. Diese alte Feindschaft ist die geheime Hand, die Geld und Gold aus den Taschen der Gläubigen in die Taschen der Prediger und Priester befördert. Weißt du nicht – als der kluge Gelehrte, der du bist –, daß der Verlust der Ursache den Verlust der Wirkung nach sich zieht? Wie kannst du meinen Tod gutheißen, da du mit meinem Tod auch deinen Beruf und deinen Lebensunterhalt verlierst und schließlich deine Frau und deine Kinder nicht mehr ernähren kannst?»

Der Teufel schwieg eine Weile, während der Ausdruck des Leidens in seinem Gesicht mehr und mehr einem Ausdruck der Entschlossenheit wich, dann fuhr er fort: «Hör zu, du unwissender, stolzer Narr, damit ich dir die

Wahrheit aufzeige, die meine Existenz an die deine bindet und mein Sein an dein Gewissen: In der ersten Stunde der Zeit stellte sich der Mensch vor die Sonne, breitete seine Arme aus und sprach zum ersten Mal: ‹Hinter diesem Gestirn ist ein großer Gott, der die Menschen liebt.› Dann drehte er dem Licht den Rücken zu und er erblickte seinen Schatten auf der Erde. Er sagte: ‹Und in den Tiefen der Erde wohnt ein verfluchter Teufel, der das Böse liebt.› Dann ging er in seine Höhle zurück und sagte sich: ‹Ich befinde mich zwischen zwei gewaltigen Göttern, einem Gott, von dem ich abstamme, und einem Gott, den ich bekämpfe. Jahrhunderte vergingen, in denen sich der Mensch zwischen zwei absoluten Mächten sah, einer Macht, die seine Seele aufrichtete und die er anbetete, und einer anderen Macht, die ihn in die Finsternis hinabzog und die er verfluchte. Würde er weder Anbetung noch Verfluchung kennen, so wäre er wie ein Baum zwischen einem Sommer, der ihn mit Grün und Früchten bedeckt und einem Winter, der ihn entlaubt.›

Als der Mensch die Morgenröte der Zivilisation erreichte, welche Menschenfreundlichkeit bedeutet, entstanden die Organisationsformen der Familie und des Stammes. Die Arbeiten wurden – entsprechend den Neigungen und Fähigkeiten – aufgeteilt: so befaßte sich ein Teil eines Stammes mit der Landwirtschaft, während ein anderer Wohnungen baute; andere stellten Kleidung her, während wieder andere Metalle schmolzen. In dieser Zeit, die lange zurückliegt, bildete sich auch der Priesterstand heraus, und dies war der erste Beruf, der nicht aufgrund vitaler Bedürfnisse oder materieller Notwendigkeiten entstand.»

Der Teufel hielt in seiner Rede inne, dann brach er in ein

Gelächter aus, das die Täler erzittern ließ. Sein Lachen mußte seine Wunden aufgerissen haben, denn der Schmerz verzerrte sein Gesicht, und er stützte seine Hüfte mit der Hand ab. Dann sah er den Priester Semaan an und fuhr fort: «Hör zu, wie es dazu kam, daß das Priestertum entstand. Im ersten Stamm gab es einen Mann, den man Lewis nannte. Dieser Lewis war ein intelligenter Mann, aber er war träge und arbeitsscheu. Er verachtete die Landarbeit ebenso wie die Arbeit am Bau, kurz, er haßte jede Arbeit, bei der man sich körperlich anstrengen oder auch nur bewegen mußte. Und da zu jener Zeit der Lebensunterhalt nur durch körperliche Arbeit erworben werden konnte, verbrachte Lewis die meisten Nächte mit leerem Magen. In einer der Sommernächte, in der die Mitglieder seines Stammes um die Hütte ihres Chefs vereint waren, um sich über die Ereignisse der vergangenen Tage zu unterhalten, während sie auf den Schlaf warteten, erhob sich plötzlich einer von ihnen, zeigte auf den Mond und rief erschrocken: ‹Seht den Gott der Nacht, sein Gesicht ist blaß, seine Schönheit verschwunden, und er hängt wie ein schwarzer Stein am Himmelsgewölbe!› Die Stammesmitglieder blickten erschrocken zum Mond, und Angst erfüllte ihre Herzen, als sie sahen, wie sich der Gott der Nacht allmählich in eine schwarze Kugel verwandelte und auch das Gesicht der Erde in einen schwarzen Schleier hüllte.

Da trat Lewis vor, der das Phänomen der Mondfinsternis schon mehrfach erlebt hatte. Er stellte sich in die Mitte der Versammelten, hob seine Hände zum Himmel empor und rief scheinheilig:

‹Kniet euch nieder, kniet euch nieder und betet! Bedeckt eure Häupter mit Staub, denn in diesem Moment kämpft der Gott der Finsternis mit dem Gott des Lichtes der Nacht. Wenn er ihn besiegt, werden wir sterben. Wird er aber besiegt, bleiben wir leben. Kniet euch nieder, bedeckt eure Häupter mit Staub und betet! Schließt eure Augen und schaut nicht zum Himmel empor, denn wer den Kampf zwischen dem Gott der Finsternis und dem Gott des Lichtes sieht, wird sein Augenlicht und seinen Verstand verlieren und bis zum Ende seines Lebens blind und geisteskrank sein. Kniet euch nieder, und helft dem Gott des Lichtes durch euer Gebet, den Sieg davonzutragen!›

Lewis hörte nicht auf, in dieser Weise auf die Menschen einzureden, und in seiner Fantasie erfand er neue Worte und prägte Ausdrücke, die er nie zuvor gehört hatte. Nach einer halben Stunde hatte der Mond seine frühere Lichtfülle und Schönheit wieder erreicht. Lewis rief lauter als zuvor mit freudiger Stimme: ‹Erhebt euch nun und schaut zum Himmel empor, denn der Gott der Nacht hat seinen Feind besiegt, er führt wieder den Reigen der Gestirne an. Ihr habt ihm durch eure Gebete und Ehrerbietung zum Sieg verholfen. Darum seht ihr ihn nun lichtvoll und strahlend!›

Die Menschen richteten sich auf und schauten zum Mond auf, der strahlend am Himmel stand. Ihre Angst verwandelte sich in Vertrauen, ihre Sorge in Freude, und sie begannen zu tanzen, zu singen; sie stießen mit ihren Lanzen gegen Eisen- und Kupferscheiben und erfüllten das Tal mit fröhlichem Lärm.

In dieser Nacht noch ließ der Stammeschef Lewis zu sich rufen, und er sagte zu ihm: ‹Du hast in dieser Nacht getan, was kein Mensch vor dir vollbracht hat! Du kennst die Geheimnisse des Lebens wie keiner von uns. Darum sollst du ab heute nach mir den ersten Platz in diesem Stamm einnehmen, denn ich bin der Stärkste im Stamm, und du bist der Klügste und Weiseste. Ab heute bist du der Vermittler zwischen mir und den Gottheiten. Du erklärst mir ihren Willen und weihst mich in ihre Mysterien ein. Du sagst mir immer, was ich zu tun habe, damit ich des Wohlgefallens und der Liebe der Götter sicher bin.›

Lewis erwiderte: ‹Alles, was mir die Götter im Traum offenbaren, werde ich dir mitteilen, ebenso alles, was ich über sie in Erfahrung bringen werde, denn ich bin der Mittler zwischen ihnen und dir!›

Der Stammesfürst freute sich und schenkte Lewis zwei Pferde, sieben Kälber, siebzig Widder und siebzig Schafe. Dann sagte er: ‹Die Bauleute des Stammes werden dir ein Haus bauen, das meinem gleicht; am Ende jeder Saison werden sie dir einen Teil der Ernten der Erde und der Früchte der Bäume bringen, und du wirst als ein Herr leben, dem man gehorcht und den man ehrt.›

Lewis stand auf, um zu gehen. Der Stammeschef hielt ihn zurück und fragte: ‹Aber sag mir, wer ist doch dieser Gott, den du den Gott der Finsternis nennst, und der es wagt, den strahlenden Gott des Lichtes zu bekämpfen? Wir haben nie von ihm gehört und nichts von seiner Existenz gewußt!›

Lewis rieb sich die Stirn und antwortete: ‹Mein Herr, vor langer, langer Zeit, noch vor dem Erscheinen des Menschen auf dieser Erde, lebten alle Götter in gegenseitiger Zuneigung und ungestörtem Frieden an einem Ort, der weit hinter der Milchstraße liegt. Der Gott der Götter, der ihr Vater ist, wußte mehr als alle anderen. Er tat, was keiner von ihnen zu tun vermochte und hielt einige der göttlichen Geheimnisse, die die Welt regieren, für sich zurück. In der siebten Periode des zwölften Zeitalters rebellierte der Geist Batars gegen den Vatergott, den er haßte. Er stellte sich vor seinen Vater hin und sagte: ‹Warum behältst du die absolute Macht über alle Kreaturen für dich und enthältst uns Geheimnisse des Universums vor? Sind wir nicht deine Söhne und Töchter, deine Teilhaber in der Macht und in der Unsterblichkeit?›

Gott Vater erzürnte und sagte: ‹Ich werde in Ewigkeit die absolute Macht und wesentliche Mysterien für mich behalten, denn ich bin der Anfang und das Ende.›

Batar entgegnete: ‹Wenn du nicht bereit bist, deine Macht mit mir zu teilen, werde ich mich mit meinen Kindern und Kindeskindern gegen dich auflehnen.›

Da richtete sich der Gott der Götter von seinem Thron auf; er nahm die Milchstraße als Schwert und die Sonne als Schild, und mit einer Stimme, welche die Erde erzittern ließ, rief er: ‹Steig hinab in die Unterwelt, wo Finsternis und Elend herrschen, du bösartiger Rebell, und bleib verbannt, bis die Sonne zu Asche wird und die Planeten zu Staubkörnern.› In dieser Stunde verließ Batar die Wohnungen der Götter und stieg hinab in die Unterwelt, wo die bösen Geister leben. Und er schwor sich bei seiner Unsterblichkeit, von nun an die Jahrhunderte damit zu verbringen, gegen seinen Vater und seine Brüder einen unerbittlichen Kampf zu liefern und allen denen Fallen zu stellen, die seinen Vater und seine Brüder lieben und verehren.›

‹Der Name des Gottes des Unheils ist also Batar›, sagte der Stammesfürst mit blassem Gesicht.

‹Er nannte sich Batar, als er noch bei den Göttern wohnte›, berichtete Lewis. ‹Nach seinem Abstieg in die Unterwelt nahm er andere Namen an, wie Belzebub, Iblis, Satanael, Belial, Semial, Ahriman, Mara und Abdun; der bekannteste Name aber ist Satan.›

Der Stammesfürst wiederholte das Wort Satan mehrere Male mit zitternder Stimme, die dem Rauschen trokkener Blätter im Winde glich. Dann fragte er: ‹Und warum haßt Satan auch die Menschen, wenn er Gott haßt?›

Lewis antwortete: ‹Satan haßt die Menschen und sucht sie zu zerstören, weil sie Nachkommen seiner Brüder und Schwestern sind.›

‹Also ist Satan sozusagen der Onkel der Menschen!› sagte der Stammesfürst verwirrt.

‹Ja, das stimmt›, entgegnete Lewis, ‹und dennoch ist er ihr größter Feind und haßerfüllter Konkurrent. Er füllt ihre Tage mit Elend und ihre Nächte mit Alpträumen. Er ist die Kraft, die das Unwetter auf ihre Hütten lenkt, ihre Bauernhäuser dem Feuer preisgibt und ihr Vieh durch Krankheiten ausrottet. Er ist ein übelwollender falscher Gott, der über unser Elend lacht und uns unsere Freuden mißgönnt. Wir müssen uns von ihm fernhalten und vor seinen Listen in acht nehmen!›

Der Stammesfürst stützte sein Kinn auf seinen Stock und flüsterte: ‹Nun weiß ich, was mir verborgen war über diese fremde Macht, die das Unwetter auf unsere Häuser lenkt und unsere Tiere vernichtet. Alle Menschen sollen erfahren, was ich jetzt weiß, und sie werden dich preisen, Lewis, weil du ihnen die verborgenen Geheimnisse ihres starken Feindes aufdeckst und sie lehrst, wie sie sich gegen seine Schlingen und Fallen wappnen können.›

Als Lewis sich vom Stammeschef entfernt und zu seiner Wohnung ging, war er mit sich zufrieden, stolz auf seine kluge Idee und trunken von einem imaginären Wein.

Der Chef und die Menschen seines Stammes aber drehten sich schlaflos auf ihren Lagern, bedrängt von Phantomen, die sie ängstigten, und von furchtbaren Träumen.»

Der verwundete Satan hielt eine Weile inne, während der Priester Semaan ihn verblüfft anstarrte.

«Auf diese Weise erschien das Priesteramt auf Erden», fuhr Satan fort, «und meine Existenz war der Grund für sein Erscheinen. Lewis war der erste, der aus meiner Feindschaft einen Beruf machte; und diesen Beruf vererbte er seinen Kindern und Kindeskindern. Nach und nach entwickelte sich dieser Beruf zu einer subtilen, heiligen Kunst, die nur von Menschen mit klugem Geist, reinem Herzen und großem Vorstellungsvermögen ausgeübt werden kann. In Babylon verbeugten sich die Menschen siebenmal vor dem Priester, der mich durch Beschwörung vertrieb. In Ninive achtete man den Mann, der vorgab, meine Geheimnisse zu kennen, wie einen goldenen Ring zwischen den Göttern und den Menschen. In Theben nannte man denjenigen, der mir den Kampf ansagte, den Sohn der Sonne und des Mondes. Und in Byblos, Ephesus und Antiochien opferte man Söhne und Töchter, um meinen Gegner zufriedenzustellen. In Jerusalem und Rom vertrauten die Menschen ihre Seelen denjenigen an, deren Beruf es war, mich zu bekämpfen. In jeder Stadt, die es unter der Sonne gibt, war und ist mein Name Mittelpunkt religiöser, wissenschaftlicher, künstlerischer und philosophischer Kreise. Die Tempel wurden in meinem Schatten erbaut, und Schulen und Institute wurden als Kampfansage gegen mich errichtet. Ich bin es, der die Entschlußkraft im Menschen erzeugt, und ich bin die Hand, welche die Hände des Menschen bewegt. Ich bin der Teufel ohne Anfang und ohne Ende. Ich bin der Teufel, den die Menschen bekämpfen, und auf diese Weise bleiben sie lebendig, denn wenn sie aufhörten, mich zu bekämpfen, würde die Trägheit ihr Denken zum Stillstand bringen, die Ruhe würde ihre Körper zerstören und das Nichtstun ihre Seelen verderben. Ich bin der Teufel ohne Anfang und ohne Ende! Ich bin ein Sturm, der durch die Gehirne der Männer und die Herzen der Frauen fegt. Ich lenke ihre Neigungen zu den Klöstern und Einsiedeleien, wo sie mich ehren durch ihre Furcht vor mir, oder zu den Lusthäusern, wo sie sich erfreuen, während sie sich meinem Willen unterwerfen. Denn der Mönch, der im Schweigen der Nacht darum betet, daß ich mich von seinem Bett entferne, ist nicht besser als die Prostituierte, die mich ruft, damit ich mich ihrem Lager nähere. Ich bin der Satan ohne Anfang und ohne Ende.

Ich bin der Erbauer der Klöster und Einsiedeleien aufgrund der Angst der Menschen, und ich bin der Errichter der Schenken und Freudenhäuser aufgrund ihrer Begierden und Leidenschaften. Mit meinem Ende verschwinden auch die Ängste und Begierden in dieser Welt. Infolgedessen verschwinden auch im Herzen des Menschen alle Neigungen und Wünsche, und das Leben wird öde, leer und kalt wie eine Gitarre mit gesprungenen Saiten. Ich bin der Satan ohne Anfang und ohne Ende! Ich inspiriere die Lüge und Verleumdung, den Verrat und die Intrige, den Betrug und die Ironie. Und wenn diese Elemente aus der Welt beseitigt werden, so wird die menschliche Gesellschaft einem verlassenen Garten gleichen, in dem nichts wächst als die Dornen der Tugend!

Ich bin der Satan ohne Anfang und ohne Ende. Ich bin

Vater und Mutter der Sünde. Willst du, daß die Sünde mit meinem Tod stirbt? Möchtest du, daß die menschliche Beweglichkeit und Vitalität mit dem Anhalten meiner Herzschläge aufhört? Ich bin die Ursache aller Dynamik. Willst du dich dieser Ursache und ihrer Wirkungen entledigen? Möchtest du, daß ich in dieser Wildnis sterbe? Antworte mir, du Theologe! Möchtest du die einträgliche existentielle Beziehung, die zwischen mir und dir besteht, aufkündigen?»

Der Teufel seufzte tief. In seiner graugrünen Farbe glich er einer der ägyptischen Statuen, die längst vergangene Zeiten an die Ufer des Nils gespült hatten. Er sah den Priester Semaan mit Augen an, die wie Lampen glühten, und sagte: «Ich bin durch das viele Reden erschöpft! Ich hätte das Gespräch mit dir nicht so lange fortsetzen sollen! Ich dachte nicht, daß es mich soviel Zeit kosten würde, dir eine Wahrheit zu demonstrieren, die du besser kennen solltest als ich, und dich auf Dinge hinzuweisen, die mehr in deinem als in meinem Interesse liegen! Jetzt mach, was du willst! Du kannst mich auf deinem Rücken in dein Haus tragen, um meine Wunden zu verbinden, und du kannst mich hier liegen lassen, damit ich an diesem entlegenen Ort sterbe!»

Verlegen rieb sich der Priester Semaan die Hände. Dann antwortete er entschlossen: «Ich weiß nun, was ich vor einer Stunde noch nicht wußte! Entschuldige mein Unwissen! Ich weiß nun, daß du existierst, um die Menschen auf die Probe zu stellen. Diese Versuchung ist das Maß, mit dem Gott die Standhaftigkeit und Tugend der Menschen erproben kann; sie ist die Waage, die der allmächtige Gott benutzt, um der Seelen Gewicht festzustellen. Ich weiß nun, daß mit deinem Tod auch die Versuchung nicht weiter existieren würde, und mit ihr würden all die geistigen Kräfte verschwinden, die den Menschen wachsam machen. Es würde der Grund beseitigt, der die Menschen zu Gebet und Fasten anhält. Darum ist es wichtig, daß du lebst. Wenn du stirbst und die Menschen von deinem Tod erfahren, wird ihre Angst vor der Hölle hinfällig, und sie werden aufhören, Gott anzubeten. Vielmehr werden sie in Sünde leben. So ist es geradezu notwendig, daß du am Leben bleibst, denn durch dein Leben wird die Menschheit von der Sünde befreit! Ich werde meinen Haß gegen dich auf dem Altar der Menschenliebe opfern.»

Das Lachen des Teufels klang wie ein Vulkan, der ausbricht. Dann sagte er: «Wie intelligent du bist, Hochwürden! Und wie tief dein theologisches Wissen ist! Kraft deiner Klugheit hast du einen Grund für meine Existenz gefunden, der mir nicht einmal bewußt war! Und jetzt, da jeder von uns die praktischen und theologischen Gründe begriffen hat, die meine Existenz rechtfertigen, so laß uns diesen Ort verlassen! Komm näher, Bruder, und trag mich in dein Haus! Die Nacht hat die Täler schon in Finsternis gehüllt, und ich habe die Hälfte meines Blutes auf den Steinen dieses Tales vergossen.»

Der Priester näherte sich dem Teufel, krempelte die Ärmel seiner Soutane auf und befestigte ihren Saum an seinem Gürtel; dann lud er sich den Teufel auf seinen Rücken und ging seines Weges.

*

Zwischen den Bergabhängen, bedeckt vom Schleier der Nacht, schleppte sich der Priester Semaan zu seinem Dorf, den Rücken gebeugt unter der Last eines nackten Gerippes. Seine schwarze Soutane und sein herabwallender Bart waren befleckt vom Blut, das aus den Wunden des verletzten Teufels tropfte.

as–Sulban

Ort:

im Hause des Yussuf Messarra in Beirut

Zeit:

eine Herbstnacht im Jahr 1901

Personen:

Bulos as Sulban, Musiker und Schriftsteller

Yussuf Messarra, Schriftsteller und Gelehrter

Helene Messarra, seine Schwester

Salim Muawwad, Lautenspieler und Dichter

Khalil Beg Tamer, Regierungsbeamter

Der Vorhang hebt sich und gibt den Blick frei auf einen großen Raum im Hause des Yussuf Messarra, in dem viele Bücher und Papiere herumliegen. Khalil Beg Tamer raucht eine Wasserpfeife, Yussuf Messarra eine Zigarette, und Fräulein Helene stickt.

Khalil Beg *Wendet sich an Yussuf Messarra und sagt:* Heute las ich deinen Artikel über die Schönen Künste und ihren Einfluß auf den Charakter. Er gefiel mir, und hätte er nicht diesen europäischen Anstrich, so würde ich sagen, daß es das Beste ist, was ich zu diesem Thema gelesen habe. Ich gehöre nämlich zu denjenigen, die den Einfluß der europäischen Literatur auf unsere Sprache und Literatur für schädlich halten.

Yussuf M. *(lächelnd)* Vielleicht hast du recht, mein Freund, aber dein Handeln widerspricht deiner Theorie: du kleidest dich europäisch, du ißt von europäischem Porzellan, und du sitzt auf Polstermöbeln aus Europa. Außerdem liest du mehr europäische als arabische Bücher.

KHALIL BEG Diese äußerlichen Dinge haben nichts mit Kunst und Kultur zu tun.

YUSSUF M. Doch, sie haben einen vitalen Bezug dazu. Wenn du länger darüber nachdenkst, wirst du feststellen, daß die Kunst sowohl unsere Lebensformen als auch die religiös-sozialen Traditionen beeinflußt, ja, jeden Aspekt unseres gesellschaftlichen Lebens.

KHALIL BEG Ich bin Orientale und bleibe Orientale bis ans Ende meines Lebens – auch wenn ich europäische Kleidung trage. Und ich hoffe, daß die arabische Literatur von allen ausländischen Einflüssen frei bleiben möge.

YUSSUF M. Du wünschst also den Tod der arabischen Sprache und Literatur?

KHALIL BEG Wieso das?

YUSSUF M. Alte Länder, die nicht übernehmen, was moderne Länder herstellen, sind dem Untergang geweiht.

KHALIL BEG Das mußt du beweisen!

YUSSUF M. Ich habe tausendundeinen Beweis dafür.

(In diesem Augenblick treten Bulos as-Sulban und Salim Muawwad ein, und die anwesenden Männer erheben sich respektvoll.)

YUSSUF M. Herzlich Willkommen, Brüder!
(zu Bulos) Willkommen, Nachtigall Syriens!

(Fräulein Helene sieht Bulos an, und ihre Wangen erröten vor freudiger Erregung.)

SALIM M. Ich flehe dich an, Yussuf, mach Bulos keine Komplimente!

YUSSUF M. Warum nicht?

SALIM M. Weil er sie nicht verdient! Er ist verrückt geworden.

BULOS *(zu Salim)* Habe ich dich in dieses Haus mitgenommen, um mich anzuprangern?

HELENE Was ist los, Salim? Hast du bei Bulos ein neues Laster entdeckt?

SALIM Seine alten Laster bleiben immer neu, solange er leben wird.

YUSSUF M. Erzähl uns, was geschehen ist!

SALIM M. *(zu Bulos)* Erlaubst du mir, daß ich von deinem Vergehen berichte, oder willst du es selber tun?

BULOS Schweig lieber wie ein Grab, und sei ruhig wie das Herz einer alten Frau!

SALIM Also werde ich reden!

BULOS Es scheint, du hast dir vorgenommen, uns diesen Abend zu verderben.

SALIM Nicht unbedingt. Ich will unseren Freunden nur berichten, was gestern nacht geschehen ist, damit sie wissen, mit wem sie es zu tun haben.

HELENE *(zu Salim)* Erzähl, was passiert ist!
(zu Bulos) Das Vergehen, von dem Salim berichten will, wird sich sicher als einer deiner Vorzüge erweisen.

BULOS Weder habe ich mich eines Vergehens schuldig gemacht, noch kann ich mich eines Verdienstes rühmen. Und was unser Freund berichten möchte, ist belanglos und nicht der Rede wert. Außerdem will ich nicht, daß wir den Abend damit verbringen, von mir zu reden.

HELENE Gut, aber hören wir uns dennoch die Geschichte an!

SALIM *(zündet sich eine Zigarette an und setzt sich zu*

Yussuf Messarra.) Gewiß habt ihr von der Heirat des Sohnes von Jalal Pascha gehört, meine Herren. Und sicher wißt ihr auch, daß der Vater des Bräutigams gestern abend ein großes Fest veranstaltet hat, zu dem er die großen Persönlichkeiten der Stadt einlud, ebenso wie diesen Taugenichts *(auf Bulos deutend)* und mich. Ich wurde eingeladen, weil man mich für Bulos' Schatten hält, und weil er – Gott möge ihn bewahren – am liebsten singt, wenn ich ihn dabei auf meiner Laute begleite. Wir kamen wie gewöhnlich zu spät – unser Bulos besitzt ja die Angewohnheit von Königen, nie pünktlich zu sein. Der Gouverneur und der Bischof waren bereits da, ebenso wie die feinen Damen der Gesellschaft, Schriftsteller und Dichter, die Reichen und die Mächtigen. Wir ließen uns zwischen Weinkrügen und kupfernen Kohlebecken nieder. Die Menschen starrten Bulos an, als wäre er ein Engel, der vom Himmel käme. Die Damen boten ihm Wein und Blumen an, wie es einst die Frauen von Athen machten, wenn ein Held aus der Schlacht zurückkehrte. Kurz, unser Bulos war zu Beginn des Abends ein Objekt höchster Ehrerbietung. Ich nahm meine Laute und begann zu spielen. Bulos öffnete seine verehrungswürdigen Lippen und sang den Vers eines Gedichtes von Ibn al-Farid:
«Ein anderer als ich wäre fähig zu vergessen,
ein anderer würde die Treue brechen . . .»
Die Anwesenden lauschten aufmerksam, als wäre al-Mussuli persönlich aus dem Jenseits erschienen, um ihre Ohren mit zauberhaften Melodien zu füllen. Plötzlich schwieg Bulos. Die Zuhörer glaubten, er wolle ein Glas Arrak trinken, bevor er seinen Gesang fortsetzt. Doch Bulos blieb stumm.

BULOS *(streng)* Ich bitte dich, hör auf damit! Ich mag nichts mehr von dieser dummen Geschichte hören – und ich bin sicher, daß unsere Freunde auch keinen Gefallen finden an diesem sinnlosen Gerede!

YUSSUF Nun seid so gut, und laßt uns das Ende dieser Geschichte erfahren!

BULOS *(erhebt sich)* Es scheint, daß ihr dieses dumme Geschwätz meiner Anwesenheit vorzieht. Auf Wiedersehen!

HELENE *(sieht Bulos bedeutungsvoll an)* Setz dich Bulos! Wie immer die Geschichte enden wird, wir sind auf deiner Seite.

(Bulos setzt sich resigniert.)

SALIM *(führt seine Geschichte fort.)* Wie gesagt, der große Bulos sang einen Vers – einen einzigen Vers – eines Gedichtes von Ibn al-Farid und verstummte. Es war, als reiche er Hungernden einen Bissen himmlischer Speisen, um danach den Tisch umzuwerfen und das Porzellan und die Gläser zu zerschlagen. Dann setzte er sich und schwieg wie die Sphinx an den Sandufern des Nil. Die Damen kamen zu ihm – eine nach der anderen – und flehten ihn an, weiterzusingen. Doch er entschuldigte sich damit, daß er Halsschmerzen habe. Dann versuchten es die Ehrengäste, ihn zu bewegen weiterzusingen, doch er blieb hart und unnachgiebig, als ob Gott das Herz in seiner Brust durch einen Stein ersetzt hätte.

Nach Mitternacht, nachdem alle Anwesenden vergeblich versucht hatten, ihn umzustimmen, rief Jalal Pascha ihn in einen gegenüberliegenden Raum, füllte seine Taschen mit einer Handvoll Dinaren und sagte: «Es liegt an dir, Bulos Effendi, ob wir diesen Abend

fröhlich oder enttäuscht beenden. Ich bitte dich
darum, dieses kleine Geschenk von mir anzunehmen,
nicht als Lohn, sondern als Zeichen meiner Bewun-
derung für dich. Enttäusche unsere Festgäste und
mich nicht!» Mit stolzer Miene warf Bulos die Dinare
auf den Boden. Einem besiegten König gleich rief
er: Beleidige mich nicht, Jalal Pascha! Ich kam nicht
hierher, um meine Musik zu verkaufen. Ich kam hierher, um das Brautpaar zu beglückwünschen – wie alle
anderen auch. Jalal Pascha wurde unbeherrscht und
antwortete mit einigen unhöflichen Worten, die
den sensiblen Bulos veranlaßten, schimpfend und
fluchend das Haus zu verlassen. Und ich war ge-
zwungen, meine Laute zu nehmen und ihm zu folgen;
und all die hübschen Gesichter und schlanken Taillen,
die köstlichen Weine und appetitlichen Speisen
mußte ich seinetwegen zurücklassen. Ich habe all dies
auf dem Altar der Freundschaft geopfert für diesen
widerspenstigen Menschen, der mir nicht einmal
dafür gedankt hat.

YUSSUF *(lachend)* Das ist in der Tat eine interessante
Geschichte, die es wert ist, aufgezeichnet zu werden.

SALIM Ich bin noch nicht zu Ende. Das Beste an der Geschichte ist nämlich ihr diabolischer Schluß, den sich
weder der Perser Ahriman noch der Inder Sifa mit all
ihrer Phantasie hätten ausdenken können.

BULOS *(sich an Helene wendend)* Deinetwegen bin ich
hier geblieben. Doch nun bitte ich dich, diesem
Frosch zu befehlen, mit seinem Gequake aufzuhören.

HELENE Laß ihn reden, Bulos! Wir sind auf deiner Seite,
wie auch die Geschichte ausgehen wird.

SALIM *(zündet sich eine zweite Zigarette an.)* Wie gesagt
verließen wir das Haus von Jalal Pascha, während Bu-

los über die Reichen und Mächtigen fluchte und ich ihn insgeheim verfluchte. Glaubt ihr nun, daß wir nach Hause gingen? Keinesfalls! Hört und staunt! Ihr wißt, daß das Haus von Habib Saade dem von Jalal Pascha gegenüberliegt und nur durch einen kleinen Garten getrennt wird. Ihr wißt auch, daß Habib Saade ein Liebhaber von Wein, von Melodien und Träumen ist, und daß er diesen Herrn *(auf Bulos zeigend)* sehr verehrt.

Als wir das Haus von Jalal Pascha verließen, blieb Bulos einen Moment zögernd auf der Straße stehen. Er rieb sich die Stirn in der Pose eines Heerführers, der die Eroberung eines aufständischen Königreiches plant. Dann ging er plötzlich auf das Haus von Habib Saade zu und läutete heftig.

Habib erschien im Schlafanzug, rieb sich die Augen und gähnte. Doch als er Bulos und mich mit seiner Laute sah, hellte sich sein Gesicht auf, und seine Augen leuchteten, als ob sich der Himmel vor ihm geöffnet hätte.

Er hieß uns herzlich willkommen und fragte: «Was führt euch zu so später Stunde zu mir?» Bulos entgegnete: «Wir sind gekommen, um die Hochzeit des Sohnes von Jalal Pascha in deinem Haus zu feiern.» Habib fragte: «Ist Jalal Paschas Haus nicht groß genug, daß ihr hierher kommt?» Bulos erwiderte: «Die Wände von Jalal Paschas Haus haben keine Ohren, um unserem Lautenspiel und unseren Gesängen zuzuhören, deshalb kamen wir zu dir. Hol den Arrak hervor und ein paar Kleinigkeiten zum Essen und red nicht viel!»

Wir setzten uns an den Tisch, und Habib holte das Gewünschte. Kaum hatte Bulos ein bis zwei Gläser

Arrak geleert, da erhob er sich, öffnete alle Fenster zum Hause des Jalal Pascha, reichte mir meine Laute und sagte gebieterisch: «Hier ist dein Stab, Moses! Verwandle ihn in eine Schlange, und befiehl ihr, alle Schlangen Ägyptens zu verschlingen. Spiel so gut du kannst!»

Was kann der Sklave anderes tun als gehorchen? Ich spielte auf meiner Laute, und Bulos begann, mit lauter Stimme zu singen, indem er sein Gesicht dem Hause des Jalal Pascha zuwandte.

(Salim hielt einen Augenblick inne; sein Gesicht wurde ernst, und er sagte ruhig:)

Ich kenne Bulos nun seit 15 Jahren, seitdem wir zusammen die Schule besuchten. Ich hörte Lieder, die ihm sowohl die Freude als auch die Trauer eingaben. Ich hörte ihn weinen wie eine Mutter, die ihr Kind verloren hat, singen wie einen Liebhaber und jauchzen wie einen Sieger. Ich hörte ihn flüstern im Schweigen der Nacht, wenn die Bewohner der Stadt schliefen. Ich hörte ihn singen in den Tälern des Libanon, und seine Stimme, begleitet vom Glockengeläut entfernter Kirchen erfüllte den Raum mit Zauber und Magie. Tausende Male hörte ich ihn singen, und ich glaubte, alle Möglichkeiten seiner stimmlichen Ausdruckskraft zu kennen. Aber letzte Nacht, als er sein Gesicht zum Hause des Jalal Pascha wandte und mit geschlossenen Augen zu singen anhob:

«Täglich beklage ich die Leidenschaft meines Herzens, und mit jeder Klage vermehrt sich die Liebe . . .»

und es klang, als ob der Wind mit Herbstblättern spielte, da dachte ich mir: bis jetzt kannte ich von Bulos Seele nur die Oberfläche, heute dringe ich ins Innere seines Herzens vor. Bis jetzt hörte ich nur seine Lippen singen, heute vernehme ich das Lied seiner Seele.

Bulos sang einen Vers nach dem anderen, ein Lied nach dem anderen. Ich stellte mir vor, daß über uns eine Legion liebender Seelen schwebte, die beim Rascheln ihrer Flügelschläge von längst vergangenen Zeiten flüsterten und dabei enthüllten, was die Nächte an menschlichen Wünschen und Träumen verbargen.

Ja, meine Herren, dieser Mann *(auf Bulos deutend)* erklomm gestern die höchste Sprosse von der Leiter der Kunst; fast hätte er die Planeten berühren können, und er verweilte in diesen Höhen bis zum anderen Morgen. Erst als der Tag anbrach, kehrte er auf diese Erde zurück.

Was die Gäste des Jalal Pascha betrifft, sie gruppierten sich an den Fenstern und lauschten andächtig, und die heilige Stille wurde nur von Seufzern unterbrochen. Andere Gäste kamen in den Garten und ließen sich unter den Bäumen nieder. Sie hatten ganz vergessen, daß dieser Sänger, der ihren Seelen himmlischen Wein kredenzte, sie kurz zuvor beleidigt hatte. Später erfuhr ich von einem der Gäste, daß Jalal Pascha währenddessen wie ein Löwe brüllend von einem Raum in den anderen lief, as-Sulban verfluchte und ebenso die Gäste, die sein Haus verlassen hatten und sich mit ihren Gläsern und Tellern in den Garten gesetzt hatten.

Nun habt ihr gehört, was gestern abend geschehen ist. Was sagt ihr zu diesem verrückten Genie und seinem wunderlichen Verhalten?

KHALIL Das ist in der Tat eine seltsame Geschichte. Und wenn ihr meine Meinung hören wollt: Ich bin ein Bewunderer von Bulos Effendi. Aber trotz allem Respekt für ihn, muß ich sagen, daß er es gestern an Takt hat fehlen lassen, denn er hätte ebensogut im Hause des Jalal Pascha singen können, und es wäre nicht nötig gewesen, ins Nachbarhaus zu gehen. Auf diese Weise hätte er die Sympathien aller Anwesenden gewonnen. Was meinst du, Yussuf Effendi?

YUSSUF Ich tadle Bulos nicht, und ich versuche nicht, seine Motivation zu ergründen. Ich weiß, daß die Moral der Künstler – insbesondere der Musiker – sich von der normaler Menschen unterscheidet, daß Künstler ihre eigenen Gesetze und ihre eigene Logik haben. Darum ist es nicht gerecht, ihre Handlungen mit den Maßstäben zu messen, die wir für die anderen anlegen. Die Künstler – und damit meine ich diejenigen, die für ihre Ideen und Gefühle neue Bilder schaffen – sind Fremde in ihrer Familie und unter Freunden, in ihrer Heimat – und in der Welt überhaupt.

Der Künstler neigt sich nach Osten, wenn die anderen nach Westen schauen. Oft versteht er selber nicht, was in seinem Innern vorgeht. Er ist traurig unter Fröhlichen und glücklich unter Unglücklichen; er ist schwach unter Starken und stark unter Schwachen. Der Künstler steht über dem Gesetz, ob das den Menschen gefällt oder nicht.

KHALIL Deine Worte, Yussuf Effendi, unterstreichen, was du schon in deinem Artikel über Kunst gesagt hast. Und so komme ich noch einmal zurück auf das, was ich eben schon sagte: Der westlich-europäische Geist, den du verkündest, wird zu unserem Untergang führen, zum Untergang unserer Nation und ihrer Menschen.

YUSSUF Bist du der Ansicht, daß Bulos Verhalten gestern nacht eine Manifestation westlich-europäischen Geistes war, den du zu verachten scheinst?

KHALIL Bei aller Hochachtung für Bulos Effendi, aber sein gestriges Verhalten befremdet mich.

YUSSUF Hat Bulos as-Sulban nicht die volle Freiheit, mit seiner Stimme und seiner Kunst zu tun, was er will und wann er es will?

KHALIL Theoretisch hat er diese Freiheit. Aber ich sehe, daß unsere Gesellschaftsordnung sich nicht mit einer solchen Form persönlicher Freiheit vereinbaren läßt. Unsere orientalischen Traditionen und Lebensformen erlauben es dem Individuum nicht, sich so zu verhalten, wie Bulos es gestern tat, ohne sich der Kritik auszusetzen.

HELENE Das ist eine interessante Kontroverse. Und da der Grund der Auseinandersetzung unter uns weilt, fragen wir ihn doch selber nach seiner Meinung. Er wird sich sicher zu verteidigen wissen.

BULOS *(nach längerem Schweigen)* Ich hätte gewünscht, das Salim dieses Thema nicht zur Debatte gestellt hätte, und daß mit dem Ende der gestrigen Nacht auch das Gerede über jenes Ereignis aufgehört hätte. Doch, weil man mich kritisiert, wie Khalil Beg sagt, will ich euch méine Beweggründe enthüllen. Ihr wißt, daß mich viele kritisieren. Die einen sagen, ich sei eingebildet, die anderen, ich sei launisch. Wieder andere sind der Ansicht, daß ich der Ehre, die mir zuteil wird, nicht würdig bin. Was ist der Grund für solche verletzende Kritik? Sie richtet sich gegen meinen Charakter, den ich nicht ändern kann, und selbst wenn ich es könnte, nicht ändern wollte. Warum beschäftigen sich die Leute mit mir und meinem Charakter? Könnten sie nicht einfach meine Existenz ignorieren. In dieser Stadt gibt es zahlreiche Sänger, Musiker und Dichter – und ebenso zahlreich sind die Weihrauchschwenker und die Bettler, die ihre Stimmen, ihre Ideen, ja sogar ihre Seelen verkaufen für ein paar Dinare, ein Essen oder eine Flasche Wein.

Unsere Reichen und Mächtigen wissen das, und so erleben wir, wie sie Künstler und Dichter für Spottpreise kaufen und sie in ihren Villen und Schlössern zur Schau stellen. Ja, meine Herren, die Sänger und Dichter sind im Orient nichts als Weihrauchschwenker und Sklaven, von denen man verlangt, auf Hochzeiten und Festen zu singen, und bei Begräbnissen zu klagen und die Verstorbenen vor den Gräbern zu rühmen. Sie sind die Gebetsmühlen für Feste und Trauerfeiern, und wenn diese Feste vorbei sind, werden sie wie nutzlose Geräte weggestellt.

Ich tadle nicht die Reichen und Mächtigen. Ich tadle vielmehr die Sänger, Dichter und Gelehrten selber, die sich so wenig achten und ihre Würde mit Füßen treten lassen. Ich tadle sie, weil sie sich nicht zu gut sind für solche Banalitäten, und weil sie nicht den Tod der Erniedrigung vorziehen.

KHALIL Aber gestern flehte dich die Menge an, du mögest sie mit deinem Gesang erfreuen. Wie kannst du das als Erniedrigung bezeichnen?

BULOS Wenn ich gestern im Hause des Jalal Pascha hätte singen können, hätte ich es getan. Aber als ich mich umschaute, sah ich mich unter Reichen, denen der Klang der Dinare die liebste Musik ist, und inmitten von Mächtigen, deren Lebenszweck es ist, andere zu erniedrigen, um sie zu beherrschen. Ich sah um mich und bemerkte nur Zuhörer, die Kunst nicht von Kitsch unterscheiden können, und so war es mir unmöglich, mein Herz vor ihnen zu öffnen, um Blinden seine Bilder zu zeigen und Tauben seine Melodien vorzutragen.

Die Musik ist die Sprache der Seelen; sie ist eine unsichtbare Schwingung, die zwischen der Seele des Sängers und den Seelen der Zuhörer schwingt. Und wenn es keine Seelen gibt, die zuhören und verstehen, was sie hören, verliert der Sänger den Wunsch, davon zu singen, was ihn in den Tiefen seines Herzens bewegt. Die Musik gleicht einer Gitarre mit gespannten, sensiblen Saiten. Wenn die Saiten sich lockern, verlieren sie ihre Funktion, und man kann nicht mehr auf ihnen spielen.

(Er erhebt sich, geht einige Schritte und fährt fort:)

Die Saiten meiner Seele lockerten sich gestern im Hause des Jalal Pascha, als ich mich umschaute und seine Gäste sah. Ich sah all die Oberflächlichen und Heuchler, die Dummen und Eingebildeten. Und sie baten und flehten, daß ich singen möge, weil ich mich zuvor geweigert hatte. Hätte ich gehandelt wie alle gekauften Sänger, so hätte gewiß niemand zugehört.

KHALIL *(Unterbricht ihn und sagt spöttisch:)* Und dann gingst du ins Haus von Habib Saade und hast dort aus Ärger bis zum anderen Morgen gesungen!

BULOS Ich habe bis zum Morgen gesungen, weil ich mir etwas vom Herzen singen mußte. Ich mußte mich von einer Last befreien. Ich hatte das Bedürfnis, die Saiten wieder zu spannen, die sich im Hause Jalal Paschas gelockert hatten. Wenn du, Khalil Beg meinst, ich hätte aus Ärger gesungen, so bist du frei zu denken, was du willst. Die Kunst ist wie ein Vogel, der sich frei zum Himmel aufschwingt, wenn er will – und wenn er will, zur Erde zurückfliegt. Und keine Macht der Welt kann ihn daran hindern. Die Kunst ist kein Objekt zum Kaufen und Verkaufen. Wir Orientalen müssen diese absolute Wahrheit erkennen. Und die Künstler unter uns – die so selten sind wie roter Schwefel – sollten ihre Seelen nicht zum Markt tragen, denn sie sind Gefäße, die Gott mit himmlischem Wein füllt.

YUSSUF Ich bin ganz deiner Meinung, Bulos. Du hast meine Gedanken zu diesem Thema so zum Ausdruck gebracht, wie es mir nicht möglich gewesen wäre. Du bist ein wirklicher Künstler, während ich nur ein Liebhaber von Kunst bin. Der Unterschied zwischen uns ist der gleiche wie zwischen grünen Trauben und altem Wein.

KHALIL Ich bin nicht überzeugt und werde mich wohl nie davon überzeugen lassen. Eure Philosophie ist eine Krankheit, mit der uns die westlichen Länder angesteckt haben.

YUSSUF Wenn du as-Sulban gestern hättest singen hören, Khalil Beg, so wärst du sicher überzeugt gewesen.

(In diesem Augenblick tritt das Hausmädchen ein und sagt zu Fräulein Helene:)

HAUSMÄDCHEN Der Kuchen ist vom Konditor gekommen, und der Tisch ist gedeckt.

YUSSUF *(erhebt sich)* Freunde, darf ich Euch zu Tisch bitten!

(Alle stehen auf. Yussuf Messarra, Khalil Beg und Salim Muawwad verlassen den Raum. Bulos und Helene bleiben darin zurück. Sie sehen sich freudig strahlend an.)

HELENE *(flüsternd)* Weißt du, daß ich dir gestern abend zuhörte?

BULOS *(verwundert)* Wie das, Helene, mein Herz?

HELENE *(verlegen)* Gestern abend war ich bei meiner Schwester Miriam. Ich schlief bei ihr, weil ihr Mann nicht zu Hause war und sie sich fürchtet, alleine zu bleiben.

BULOS Und das Haus deines Schwagers liegt auf dem Weg zum Wäldchen?

HELENE Ja, und nur eine schmale Straße trennt es vom Hause des Jalal Pascha.

BULOS Du hast mich also singen hören?

HELENE Ich hörte das Rufen deines Herzens von Mitternacht bis zum Morgen. Und indem ich dich singen hörte, hörte ich Gott reden.

YUSSUF *(aus dem Nebenraum rufend)* Komm Bulos, das Essen wird kalt!

(Bulos und Helene entfernen sich. Vorhang.)

Der Dichter von Baalbek

I

In der Stadt Baalbek im Jahre 112 vor Christi Geburt.

Der Emir saß auf seinem goldenen Thron, umgeben von brennenden Fackeln und duftenden Weihrauchschalen. Die Priester und die Stammesführer saßen zu seiner Rechten und zu seiner Linken. Soldaten und Diener standen vor ihm wie Idole vor der Sonne.

Nachdem die Sänger ihre Hymnen gesungen hatten, trat der Großwesir vor den Emir und sagte mit altersschwacher Stimme: «Erhabener Emir, gestern kam ein Weiser aus Indien in diese Stadt. Sein Verhalten ist seltsam und sein Charakter merkwürdig. Er spricht von Dingen, von denen wir bisher nie gehört haben. Er predigt den Menschen von der Wiedergeburt der Seele in verschiedenen Körpern, bis sie zur Vollkommenheit gelangt ist und selber göttlich wurde. Er bat mich um eine Audienz bei dir, um dir seine Lehre der Seelenwanderung vorzustellen.»

Der Emir nickte lächelnd und sagte: «Aus Indien kommen viele Merkwürdigkeiten und Wunder. Laßt ihn eintreten, damit wir seine Argumente hören!»

Kurz darauf trat ein dunkelhäutiger, ehrwürdiger Mann ein mit offenem Gesicht und großen Augen, die ohne Worte von tiefen Geheimnissen und geheimem Wissen sprachen. Nachdem er sich vor dem Emir verneigt und um das Wort gebeten hatte, erhob er seinen Kopf, und seine Augen leuchteten. Dann begann er von seiner Lehre zu sprechen. Er zeigte, wie sich der Geist von einem Tempel zum anderen fortbewegt, um auf diese Weise geläutert zu werden, geprägt von verschiedenen Einflüssen und Erfahrungen, gestärkt durch Ehrenbezeigungen und vertieft und erhoben durch die Liebe, die ihn glücklich und unglücklich zugleich macht. Dann kam er darauf zu sprechen, wie sich die Seelen von einem Ort zum anderen bewegen auf dem Weg zur Vollkommenheit, indem sie für die Fehler und Vergehen sühnen, die sie in ihrem vergangenen Leben begingen. So ernten sie in einem Land, was sie in einem anderen Land säten.

Als sich seine Rede hinzog und sich Zeichen der Ungeduld auf dem Gesicht des Emirs zeigten, näherte sich der Großwesir dem Weisen und flüsterte ihm zu: «Das genügt für heute! Heb den Rest für eine andere Gelegenheit auf!»

Der Weise setzte sich zu den Priestern, und er schloß seine Augen, als sei er müde, die verborgenen Dinge und Geheimnisse zu betrachten. Es herrschte eine Stille im Raum, als ob einem Propheten ein Traumgesicht offenbart würde. Da schaute der Emir nach rechts und links und fragte: «Wo ist unser Dichter? Wir haben ihn schon länger nicht mehr gesehen? Was ist mit ihm geschehen? Er nahm doch sonst jeden Abend an unseren Zusammenkünften teil?»

Einer der Priester sagte: «Ich sah ihn vor einer Woche in der Vorhalle des Astarte-Tempels sitzen. Er starrte mit traurigen Blicken in die ferne Abenddämmerung, als hätte er eins seiner Gedichte in den Wolken verloren.»

Ein Stammeschef berichtete: «Gestern sah ich ihn zwischen Zypressen und Weiden stehen. Ich grüßte ihn. Doch er erwiderte meinen Gruß nicht, sondern verharrte versunken im Meer seiner Gedanken und Träume.»

Der Chef der Eunuchen sprach: «Heute sah ich ihn im Schloßgarten. Ich näherte mich ihm und stellte fest, daß sein Gesicht gelb war. Er hatte Tränen in den Augen und seufzte.»

Mit einem Ton des Bedauerns in seiner Stimme befahl der Emir: «Geht und sucht nach ihm, und bringt ihn unverzüglich hierher. Diese Berichte über ihn erfüllen uns mit Sorge um ihn!»

Die Diener und Soldaten verließen den Palast auf der Suche nach dem Dichter, während der Emir und sein Gefolge schweigend warteten.

Eine Weile später kam der Chef der Eunuchen zurück und warf sich vor die Füße des Emirs wie ein Vogel, den ein Pfeil des Jägers getroffen hat.

«Welche Nachricht bringt Ihr? Was ist geschehen?» rief der Emir. Der Eunuch erhob seinen Kopf und sagte zitternd: «Wir fanden den Dichter – tot – im Schloßgarten!»

Das Gesicht des Emirs spiegelte seine Trauer wider. Er erhob sich und begab sich eilends in den Garten. Die Fackelträger gingen ihm voraus, und die Würdenträger und Priester folgten. Als sie den äußeren Rand des Schloßgartens erreichten, wo die Granatapfel- und Mandelbäume standen, entdeckten sie im gelben Licht der Fackeln den toten Dichter, der wie ein welker Rosenzweig auf dem Rasen lag.

Einer aus dem Gefolge des Emirs sagte: «Seht, wie er seine Laute umfängt, als sei sie seine Geliebte. Es sieht aus, als hätten sich beide gelobt, gemeinsam zu sterben.»

Ein anderer bemerkte: «Er schaut immer noch – wie er

es früher zu tun pflegte – in die Tiefen des Kosmos, als sähe er zwischen den Sternen die Gestalt eines unbekannten Gottes.»

Der Oberpriester sah den Emir an und sagte: «Morgen werden wir ihn im Schatten des Tempels der Astarte begraben. Die Bewohner der Stadt werden seinem Sarg folgen; die jungen Männer werden seine Lieder singen, und die Jungfrauen werden Blumen auf sein Grab streuen. Er war ein großer Dichter, und die Totenfeier für ihn soll großartig sein!»

Der Emir nickte zustimmend, ohne seine Blicke vom Gesicht des Dichters abzuwenden, das vom Schleier des Todes verhüllt war. Nach einer Weile sagte er ruhig: «Nein, nein, wir vernachlässigten ihn, als er lebend unter uns weilte und das ganze Land mit den Schöpfungen seines Geistes und dem Wohlgeruch seiner Seele füllte. Wenn wir ihn nun als Toten mehr feiern und ehren, werden sich die Götter über uns mokieren und die Nymphen der Täler werden über uns lachen. Beerdigt ihn sogleich hier, wo er seine Seele aushauchte, und laßt seine Laute in seinem Arm! Wenn einer von euch ihn ehren will, so gehe er zu seinem Haus und erzähle seinen Söhnen von diesem Dichter. Und er verschweige nicht, daß der Emir seinen Dichter vernachlässigte, so daß dieser einsam und traurig gestorben sei.»

Dann sah er sich um und fragte: «Wo ist der indische Philosoph?»

Der Inder trat vor und sagte: «Hier bin ich, großer Emir!»

«Sprich, sprich, Weiser!» sagte der Emir, «werden mich die Götter als Emir in diese Welt zurückkehren lassen und diesen Dichter als Dichter? Wird meine Seele im Sohn eines großen Königs wiedergeboren werden und

seine Seele in einem großen Dichter? Werden ihn die
heiligen Gesetze noch einmal vor das Angesicht der
Ewigkeit stellen, damit er Hymnen über das Leben
dichte, und werde ich in dieses Leben zurückkehren,
damit ich ihn dafür belohnen und seine Seele mit Gaben
und Geschenken erfreuen kann?»
Der Weise antwortete: «Alles, was die Seelen ersehnen,
werden sie erhalten! Das Gesetz, das die Seligkeit des
Frühlings nach einem harten Winter zurückkehren läßt,
wird dich als großen Emir und ihn als großen Dichter
wiederkehren lassen.»
Die Züge des Emirs entspannten sich. Dann ging er in
sein Schloß zurück, indem er über die Worte des Weisen
nachdachte: «Alles, was die Seelen ersehnen, werden sie
erreichen.»

2

Ägypten – Kairo im Jahre 1912 nach Christi Geburt.
Der Mond ging auf und breitete seinen silberfarbenen
Mantel über die Stadt aus. Der Emir des Landes saß
auf der Terrasse seines Schlosses, schaute in den klaren
Nachthimmel und dachte an die Ereignisse vergangener Epochen, die sich an den Ufern des Nil abgespielt
hatten. Er versuchte, die Taten der Könige und Eroberer zu ergründen, die vor der majestätischen Sphinx
gestanden hatten und sich den Reigen der Völker und
Nationen zu vergegenwärtigen, der hier vorbeigezo-
gen war – seit der Errichtung der Pyramiden bis zum
Bau des Schlosses Abidin.
Und als der Kreis seiner Gedanken sich weitete und
ausbreitete und bis in die Zonen der Träume vorstieß,

wandte er sich an seinen Vertrauten, der neben ihm saß und sagte: «Heute habe ich den Wunsch, Poesie zu hören. Sing mir etwas vor!»

Der Vertraute verneigte sich und begann, eine Ode der Jahiliyya[1] zu singen. Doch der Emir unterbrach ihn und sagte: «Sing etwas Neueres!»

Der Vertraute verneigte sich wieder und sang das Lied eines Dichters aus der Zeit der Entstehung des Islam.

Der Emir unterbrach ihn wieder und forderte: «Noch neuer!»

Zum dritten Mal verneigte sich der Vertraute und trug ein Lied aus der Omayyadenzeit in Andalusien vor. Der Emil befahl: «Sing uns ein Lied eines zeitgenössischen Dichters!»

Der Vertraute legte die Hand an seine Stirn und versuchte, sich an alles zu erinnern, was zeitgenössische Dichter geschrieben hatten. Plötzlich leuchteten seine Augen, und er begann, herrliche Verse in einer schönen Melodie zu singen.

Der Emir war beeindruckt. Es kam ihm vor, als ob unsichtbare Hände ihn an einen weit entfernten Ort trügen ...

«Von wem sind diese Verse?» fragte er den Vertrauten.

«Es sind Verse des Dichters von Baalbek», entgegnete dieser.

«Der Dichter von Baalbek», diese Worte hatten einen vertrauten Klang in den Ohren des Emirs, und in seiner Seele erwachten Erinnerungen längst vergangener Zeiten. Durch einen Nebelschleier sah er vor seinen Augen das Bild eines toten Jünglings, der seine Laute umarmte,

[1] Vorislamische Zeit

156

während um ihn herum die Priester und Mächtigen des Landes standen.

Dann löste sich diese Vision auf wie Träume bei Anbruch des Tages. Der Emir kreuzte die Arme über seiner Brust und wiederholte die Verse des arabischen Propheten:

«Ihr wart tot, und Er hat euch auferweckt.

Er wird euch erneut sterben lassen und wieder auferwecken.

Dann werde ihr zu Ihm zurückkehren . . .»

Der Emir sagte zu seinem Vertrauten: «Wir schätzen uns glücklich über die Anwesenheit des Dichters von Baalbek in unserem Land. Wir werden ihn kommen lassen, um ihn gebührend zu ehren!»

Nach einer Weile fuhr er flüsternd fort: «Der Dichter ist ein Vogel mit merkwürdigen Eigenschaften. Er steigt aus den höchsten Höhen hinab und kommt singend in unsere Welt. Und wenn wir ihn nicht gebührend ehren, breitet er seine Flügel aus und fliegt in seine Heimat zurück.»

Die Nacht ging zu Ende. Der Himmel entledigte sich seines sternenbesetzten Gewandes und tauschte es aus gegen ein Gewand, das aus den Sonnenstrahlen des heraufziehenden Morgens gewebt war. Die Seele des Emirs betrachtete die Wunder des Lebens und seine verborgenen Geheimnisse.

Verstecktes Gift

Am Morgen einer jener vergoldeten Herbsttage, die
den Nordlibanon in all seiner Schönheit erscheinen lassen, versammelten sich die Bewohner des Dorfes Tula
vor der Kirche, die inmitten ihrer Häuser steht, und
unterhielten sich über die plötzliche Abreise von Fares
ar-Rahal an einen fernen Ort, den nur Allah kennt. Er
ließ seine junge Frau zurück, die er erst vor sechs Mona-
ten geheiratet hatte.

Fares ar-Rahal war der Dorfälteste. Er hatte diese Stel-
lung von seinem Vater und Großvater geerbt. Und obwohl er erst siebenundzwanzig Jahre alt war, hatte er
es verstanden, den Dorbewohnern Respekt und Vertrauen einzuflößen. Als er im letzten Frühling Susanne
Barakat geheiratet hatte, sagten die Leute: «Welch ein
glücklicher junger Mann! Er ist noch keine dreißig Jahre
alt und hat schon alles erreicht, was man auf dieser Erde
erstreben kann.»

Doch an diesem Morgen, als die Bewohner von Tula
kurz nach dem Erwachen erfahren hatten, daß Scheich
Fares sein Vermögen gesammelt habe, auf seine Stute
gestiegen sei und das Dorf verlassen habe, ohne sich weder von Verwandten noch von Freunden zu verabschieden, da begannen sie zu zweifeln und fragten sich nach
den geheimen Gründen, die ihn dazu veranlaßt hatten,
seine junge Frau, sein reiches Anwesen, seine Felder und
Weinberge Hals über Kopf zu verlassen.

Das Leben im Nordlibanon zeichnet sich durch einen
ausgeprägten Gemeinschaftssinn aus. Die Menschen

hier teilen ihre Freuden und Leiden, wozu sie eine angeborene Aufgeschlossenheit treibt. Bei allem, was sich in
einem der Dörfer ereignet, fühlen sich alle Bewohner
betroffen, und sie beschäftigen sich so lange mit dem Ereignis, bis ein neuer Vorfall sie davon ablenkt.

So geschah es, daß die Bewohner Tulas ihre alltäglichen
Arbeiten stehen- und liegenließen und sich vor der Kirche des heiligen Tula versammelten, um über die plötzliche Abreise von Fares ar-Rahal ihre Meinungen auszu-
tauschen und Neuigkeiten in Erfahrung zu bringen.

Während sie dort versammelt waren, näherte sich ihnen
der Priester des Dorfes, Abuna[1] Stephanus, mit gesenk-
tem Kopf und finsterer Miene. Die Menschen scharten
sich um ihn und bestürmten ihn mit Fragen. Er schwieg
eine Weile, dann rieb er sich die Hände und sagte:

«Fragt mich nicht, meine Kinder, alles, was ich weiß, ist
folgendes: Vor Tagesanbruch klopfte Fares ar-Rahal an
meine Haustür. Als ich öffnete, sah ich ihn den Zaum
seiner Stute halten; sein Gesicht war verschlossen. Ich
fragte erstaunt, was er wolle. Er erwiderte: ‹Ich bin gekommen, um mich von dir zu verabschieden, Abuna,
denn ich reise übers Meer und werde zu meinen Lebzei-
ten nicht mehr in dieses Land zurückkehren.› Dann
übergab er mir einen versiegelten Brief, der an seinen
Freund Najib Malik adressiert war, und bat mich, ihm
diesen Brief eigenhändig zu übergeben. Danach bestieg
er seine Stute und ritt eilig fort, bevor ich ihn um Aufklärung bitten konnte. Das ist alles, was ich weiß. Stellt
mir keine weiteren Fragen!»

Einer der Versammelten sagte: «Ohne Zweifel stehen
in diesem Brief die Gründe für seinen plötzlichen Auf-

---

[1] Anrede für einen Priester

bruch, denn Najib Malik war einer seiner besten Freunde im Dorf.»

Ein anderer fragte: «Habt ihr seine junge Frau gesehen, Abuna?»

Der Priester antwortete: «Ich suchte sie nach dem Morgengebet auf; sie saß neben dem Fenster und starrte in die Ferne, als ob sie ohne Bewußtsein wäre. Als ich sie fragte, schüttelte sie nur den Kopf und sagte: ‹Ich weiß nicht, ich weiß nicht!› Dann begann sie zu weinen wie ein Kind.»

Kaum hatte der Priester seine Rede beendet, da wurden die Menschen um ihn herum in Schrecken versetzt durch einen Schuß, der aus östlicher Richtung kam. Unmittelbar darauf hörte man einen herzzerreißenden Schrei einer Frau. Die Dorfbewohner verharrten einen Augenblick sprachlos, dann liefen sie in die Richtung, aus der der Schuß gekommen war.

Als sie den Garten erreicht hatten, der das Haus von Fares ar-Rahal umgab, bot sich ihnen ein Bild des Schreckens, welches das Blut in ihren Adern und die Gedanken in ihren Köpfen zum Stocken brachte. Sie sahen Najib Malik auf der Erde verbluten. Neben ihm stand Suanne, die Frau von Fares; sie zerriß sich die Kleider, raufte ihre Haare und schrie entsetzt: «Er hat sich erschossen!»

Die Menschen verharrten wie versteinert, als hätten die unsichtbaren Hände des Schicksals sie erfaßt.

Als der Priester sich dem Toten näherte, sah er in seiner rechten Hand den Brief, den er ihm am Morgen überbracht hatte; der Tote hielt ihn so fest, als sei er ein Teil seiner Hand geworden. Der Priester nahm ihn und steckte ihn in seine Tasche, ohne daß jemand etwas davon bemerkt hätte. Dann entfernte er sich eilig.

Die Menschen brachten den Toten in das Haus seiner

armen Mutter; kaum hatte diese die Leiche ihres einzigen Sohnes gesehen, da verlor sie ihren Verstand.
Einige Frauen kümmerten sich um die junge Frau von Fares ar-Rahal, die zwischen Leben und Tod schwebte, und brachten sie in ihr Haus.

*

Als der Priester Stephanus sein Haus erreicht hatte, verschloß er sich in seinem Zimmer, setzte sich seine Brille auf, nahm den Brief, den er in der Hand des Toten gefunden hatte, und begann mit zitternder Stimme zu lesen:

Mein Bruder Najib,
ich verlasse dieses Dorf, denn meine Existenz an diesem Ort bringt dir, meiner Frau und mir selbst nur Unglück. Ich weiß, daß du eine edle Seele hast, die über jeden Verdacht des Treuebruchs an einen Freund und Nachbarn erhaben ist. Ich weiß auch, daß meine Frau Susanne unschuldig ist. Doch ich bin mir auch bewußt, daß die Liebe, welche eure Herzen verbindet, jenseits eures Willens liegt, und du kannst sie nicht unterdrücken, ebenso wie du das Wasser des Qadischa[1]-Flusses nicht aufhalten kannst.
Du warst von Kindheit an mein Freund, Najib, seitdem wir auf den Feldern und auf dem Kirchplatz zusammen spielten. Du bleibst mein Freund, und ich bitte dich, in Zukunft ebenso an mich zu denken, wie du es früher tatest. Und wenn du morgen oder übermorgen Susanne triffst, so sag ihr, daß ich sie liebe und an sie denke. Sag

---

[1] Fluß im Nordlibanon

ihr, daß ich immer voller Mitgefühl war, wenn ich nachts aufwachte und sie vor dem Kreuz knien sah, während sie weinte und sich an die Brust schlug. Nichts ist schwieriger als das Leben einer Frau, die zwischen einem Mann steht, der sie liebt, und einem anderen, den sie liebt. Die arme Susanne befand sich in einem dauernden Zwiespalt: einerseits wollte sie ihre eheliche Pflicht erfüllen, andererseits war sie unfähig, ihre Gefühle zu ersticken.

Aus diesem Grund reise ich an einen fernen Ort, von dem ich nicht mehr zurückkehren werde. Ich möchte kein Hindernis sein auf dem Weg zu eurem Glück.

Schließlich bitte ich dich, mein Bruder, Susanne die Treue zu bewahren, denn sie hat viel für dich ertragen. Sie verdient das Beste, was ein Mann einer Frau zu geben vermag. Bleib so edel und großherzig, wie ich dich gekannt habe, Najib! Und möge Allah dich deinem Bruder erhalten.

Fares ar-Rahal

Als der Priester die Lektüre des Briefes beendet hatte, faltete er ihn und steckte ihn wieder in seine Tasche. Dann setzte er sich ans Fenster und schaute ins weite Tal, während sein Gesicht immer nachdenklicher wurde. Nach einer Weile erhob er sich plötzlich, als ob er in den Falten seiner Gedanken ein vom äußeren Schein verhülltes, furchtbares Geheimnis entdeckt hätte. Er rief laut:

«Wie schlau du bist, Fares ar-Rahal! Du wußtest, wie du den Sohn von Malik töten kannst und dennoch unschuldig bist an seinem Tod. Du hast ihm ein verstecktes, in Honig vermischtes Gift geschickt! Ein in Seide eingehülltes Schwert hast du ihm gesandt! Mit diesem Brief hast du ihn zum Tode verurteilt. Als er seine Waffe auf sich richtete, führte deine Hand die seine, und dein Wille orientierte seinen Willen. Wie schlau du doch bist, Fares ar-Rahal!»

Der Priester Stephanus setzte sich wieder hin, schüttelte seinen Kopf, durchfurchte seinen Bart mit seinen Fingern, und auf seinem Gesicht erschien ein Lächeln, das schrecklicher war als die Tragödie selber. Dann nahm er ein Buch aus seinem Bücherschrank und las einige Gesänge von Ephrem dem Syrer, wobei er von Zeit zu Zeit die Augen hob und auf die Klagen der Frauen hörte, die aus dem Herzen des Dorfes kamen.

Jenseits des Schleiers

Um Mitternacht öffnete Rachel ihre Augen und starrte auf die Zimmerdecke; dann schloß sie sie wieder, und mit einer Stimme, die einem Windhauch glich, sagte sie: «Der Morgen hat schon das Tal erreicht. Laßt uns ihm entgegengehen!»

Nach einer Weile näherte sich der Priester ihrem Lager, berührte ihre Hände und stellte fest, daß sie kalt waren wie Eis; dann legte er seine Hand auf ihr Herz und bemerkte, daß es stumm war wie vergangene Zeiten. Er senkte seinen Kopf, und seine Lippen bebten, als ob er ein Zauberwort sprechen wollte, das die Geister der Nacht in jenem entfernten, verlassenen Tal wiederholen könnten. Dann kreuzte er die Arme der Toten auf ihrer Brust und blickte zu dem Mann, der in einer dunklen Ecke des Zimmers saß. Mit einer Stimme voller Anteilnahme und Sympathie sagte er zu ihm: «Deine Frau ist zu ihrem Schöpfer zurückgekehrt. Steh auf, Bruder, knie dich an meine Seite, und laß uns zusammen beten!»

Der Mann hob den Kopf; seine Augen weiteten sich, als hätte er im Zimmer den Schatten eines unbekannten Gottes gesehen. Dann erhob er sich, näherte sich langsam dem Lager seiner Frau, kniete sich neben dem Priester nieder und begann zu schluchzen, während er sich von Zeit zu Zeit bekreuzigte.

Der Priester stand auf, legte seine Hand auf die Schulter des Mannes und forderte ihn auf: «Geh nun in dein Zimmer, Bruder, denn du brauchst Schlaf und Ruhe!»

Der Mann widersprach nicht. Er stand auf, ging in das gegenüberliegende Zimmer und ließ sich auf das Bett fallen, erschöpft von Kummer und langem Wachen. Es dauerte nicht eine Minute, da schlief er so fest wie ein Kind in den Armen seiner Mutter.

*

Doch der Priester stand wie eine Statue im Sterbezimmer und sah mit tränenfeuchten Augen auf die junge Tote, dann wandte er seine Blicke zu ihrem Mann, der im Nebenzimmer schlief.

So verging eine Stunde, die ihm länger erschien als ein Zeitalter und schrecklicher als der Tod; eine Stunde, in der er zwischen einem Mann und einer Frau stand, die beide schliefen: einem Mann, der den Schlaf eines Feldes schlief, das vom Frühling träumt, und einer Frau, die mit ihrer Vergangenheit schlief und den Traum der Ewigkeit träumte.

Da näherte sich der Priester der Toten und kniete vor ihrem Lager nieder wie vor einem Altar. Er nahm ihre kalte Hand und führte sie an seine zitternden Lippen. Er betrachtete ihr vom Schleier des Todes verhülltes Gesicht und sprach mit einer Stimme, die ruhig war wie die Nacht, tief wie das Meer und zitternd wie die Hoffnung der Menschen:

«O Rachel, Rachel, Schwester meiner Seele! Hör zu, Rachel, denn nun kann ich reden! Der Tod hat meine Lippen geöffnet, damit ich dir ein Geheimnis enthülle, das tiefer ist als der Tod. Das Leiden hat meine Zunge gelöst, damit ich dir etwas gestehe, was stärker ist als das Leid. Hör den Schrei meiner Seele, o Seele, die jetzt zwischen Erde und Himmel in der Unendlichkeit schwebt! Hör den jungen Mann, der dich von den Feldern zurückkehren sah, und der sich vor dir hinter den Bäumen verbarg, weil die Schönheit deines Gesichts ihm Furcht einjagte. Hör den Priester, der Gott dient! Er ruft dich jetzt ohne Furcht, denn du hast die Stadt Gottes schon erreicht.»

Er flüsterte diese Worte; dann beugte er sich über die Tote und küßte ihre Stirn, ihre Augen und ihren Hals mit heißen, stummen Küssen, die enthüllten, was in seiner Seele an Geheimnissen der Liebe und des Leidens verborgen war.

Dann hielt er plötzlich inne, ging zurück und warf sich auf die Erde. Er zitterte wie Blätter im Herbstwind, als ob die Berührung des eiskalten Gesichts der Frau in seinem Herzen ein Gefühl der Reue geweckt hätte. Er kniete sich nieder, verbarg sein Gesicht in seinen Händen und flüsterte:

«Vergib mir meine Schuld, o Herr! Verzeih meine Schwäche, Allah, denn ich vermochte nicht, bis zum Ende standhaft zu bleiben. Das Geheimnis, welches das Leben sieben Jahre lang in meinem Innern verborgen hielt, hat der Tod in einem Augenblick enthüllt. Verzeih mir, Allah! Verzeih meine Schwäche, o Herr!»

Seufzend und betend verharrte er so, indem er seinen Kopf gesenkt hielt und es vermied, die junge Tote noch einmal anzusehen, aus Furcht davor, sein Geheimnis erneut preiszugeben.

Und so fand ihn der anbrechende Morgen, der seinen rosenfarbenen Mantel über jene Gestalten ausbreitete, welche die Liebe und Religion, das Leben und den Tod darstellten.

Das ehrgeizige Veilchen

In einem abgelegenen Garten lebte ein Veilchen, das hübsch aussah und einen lieblichen Duft verbreitete, inmitten einer Gruppe anderer Veilchen; sie waren zufrieden und wiegten sich glücklich im Grase.

Eines Morgens hob das Veilchen seinen mit Tautropfen gekrönten Kopf und schaute sich nach allen Seiten um.

Da erblickte es eine Rose, die sich mit schlanker Taille und stolz erhobenem Kopf zum Himmel aufrichtete wie eine Feuerflamme in einem Kandelaber aus Smaragd.

Das Veilchen öffnete seinen blauen Mund und klagte: «Wie unglücklich bin ich inmitten solcher Blumen! An ihrer Seite kommt mir ein ganz bescheidener Platz zu. Die Natur schuf mich winzig und unbedeutend. Ich hafte an der Erdoberfläche und kann mich nicht in den blauen Himmel aufschwingen oder mein Gesicht der Sonne zuwenden, wie es die Rosen tun.»

*

Die Rose hörte, was ihre Nachbarin, das Veilchen, sagte. Sie wiegte sich lächelnd hin und her und sagte: «Wie dumm und unwissend du doch bist! Du hast von der Natur eine Gunst erhalten, deren Wert du nicht erkennst. Die Natur stattete dich mit Anmut und lieblichem Duft aus, die sie nur selten verleiht. Laß also diese irrigen Gedanken und lasterhaften Wünsche beiseite, und sei zufrieden mit dem, was die Natur dir schenkte.

Denk daran, wer sich erniedrigt, wird erhöht werden, und wer immer mehr verlangt, erhält weniger!»

Das Veilchen entgegnete:

«Dir fällt es leicht, mich zu trösten, o Rose, denn du besitzt all das, was ich erträume. Und dir fällt es auch nicht schwer, meine Bescheidenheit zu rühmen, da du von auffallender Schönheit bist. Wie unglaubwürdig klingen die Predigten der Glücklichen in den Ohren der Unglücklichen! Und wie unbarmherzig ist der Starke, wenn er dem Schwachen Lehren erteilt!»

*

Die Natur vernahm die Unterhaltung zwischen der Rose und dem Veilchen. Sie erzürnte und sagte erregt: «Was fällt dir ein, meine Tochter Veilchen! Bisher kannte ich dich sanftmütig und edel. Hat der Ehrgeiz dich angesteckt und die leere Pracht dich verführt?»

Das Veilchen erwiderte mit flehender Stimme:

«O Mutter, die du groß bist in deiner Macht und ebenso groß in deiner Zärtlichkeit! Ich bitte dich inständig und voller Hoffnung, meinen Herzenswunsch zu erfüllen und mich zu einer Rose zu machen – und wenn es nur für einen einzigen Tag wäre!»

Die Natur entgegnete: «Du weißt nicht, was du verlangst! Du weißt auch nicht, wieviel Elend sich hinter sichtbarer Größe verbirgt. Wenn ich dich größer machte und deine Blüte veränderte, würdest du es sicher eines Tages bereuen, und es wäre zu spät.»

Doch das Veilchen beharrte auf seinem Wunsch und sprach: «Verwandle mich in eine Rose von hohem Wuchs... Und was mir danach auch geschieht, wird Teil meines Wunsches und Strebens sein.»

Die Natur streckte ihre unsichtbaren Zauberfinger aus und berührte die Wurzeln des Veilchens, das sich sogleich in eine hochaufragende Rose verwandelte, die alle Blumen und Gewächse überragte.

Als die Sonne an diesem Tag unterging, überzog sich der Himmel mit schwarzen Wolken, und auf die Ruhe des Tages folgte ein heftiges Gewitter; eine Armee von Blitzen, Donnern und Regengüssen erklärte dem Garten den Krieg. Der Sturm brach die morschen Äste, knickte die Pflanzen und entwurzelte die hochaufragenden Blumen; nur die Pflanzen, die sich an die Erdoberfläche duckten und sich in Felsenspalten versteckten, verschonte er.

Und jener abgelegene Garten erlitt bei diesem furchtbaren Unwetter größeren Schaden als alle anderen. Als der Sturm endlich nachließ und die dunklen Wolken sich verzogen, lagen alle Blumen geknickt oder entwurzelt am Boden. Dieses schreckliche Unwetter hatte im Garten alles dahingerafft – bis auf eine kleine Gruppe von Veilchen, die im Schutz der Gartenmauer wuchsen.

Eines der Veilchen hob seinen Kopf und sah, was mit den Blumen und Bäumen des Gartens geschehen war. Es lächelte und sagte zu seinen Gefährten:

«Seht nur, was der Sturm mit den stolzen und überheblichen Blumen gemacht hat!»

Ein anderes Veilchen sagte:

«Wir sind zwar klein und erheben uns kaum von der Oberfläche der Erde, aber wir sind sicher vor dem Zorn der Natur.»

Und ein drittes Veilchen bemerkte:

«Ja, wir sind nicht groß, aber wir brauchen auch den Sturm nicht zu fürchten.»

Da schaute sich die Königin der Veilchen um und sah in

ihrer Nähe die Rose, die gestern noch ein Veilchen war; der Sturm hatte sie ausgerissen und ihre Blätter auf dem Gras zerstreut, und sie sah aus wie ein toter Soldat, der von den Pfeilen seines Gegners niedergestreckt worden war.

Die Königin der Veilchen wandte sich an ihre Gefährten und sagte:

«Seht her, meine Töchter, und laßt euch dies eine Lehre sein! Seht das Veilchen, das vom Ehrgeiz besessen, sich in eine Rose verwandeln ließ. Nur eine Stunde lang war sie groß und von hohem Wuchs, dann fiel sie auf die Erde nieder.»

Die sterbende Rose bebte. Sie sammelte all ihre Kräfte und sagte leise:

«Hört ihr Unwissenden, die Sturm und Regen fürchten! Gestern noch war ich anspruchslos wie ihr. Ich ließ mich nieder zwischen meinen grünen Blättern und war zufrieden mit meinem Los. Diese Zufriedenheit war eine Schranke, die mich vor den Stürmen des Lebens bewahrte. Sie grenzte mein Sein ein und gab mir dafür Sicherheit und Geborgenheit. Ich hätte weiter so leben können wie ihr, dem Erdboden verhaftet, bis der Winter mich mit seinem Schnee bedeckt, bis ich wie die anderen Veilchen vor mir ins Schweigen des Todes und des Nichts eintrete, ohne die Geheimnisse des Lebens erkannt zu haben, ohne von anderen Lebensformen etwas geahnt zu haben. Ich hätte mich vom Ehrgeiz abwenden können und auf alle Dinge verzichten können, die meiner Natur nicht entsprechen. Aber ich lauschte dem Schweigen der Nächte und hörte den Himmel der Erde sagen:

‹Das Ziel dieses Lebens ist das Streben nach einem höheren Sein!›

Seitdem lehnte sich mein Geist auf, und ich wünschte mir inständig, meine Grenzen zu sprengen und über mich hinauszuwachsen. Ich strebte danach, was ich noch nicht war, bis sich meine Auflehnung in wirksame Kraft und schöpferischen Willen verwandelte, und so bat ich die Natur – und was ist diese anders als der äußere Aspekt unserer geheimen Wünsche –, mich in eine Rose zu verwandeln, und sie tat es. Und es ist nicht das erste Mal, daß die Natur Bilder und äußere Formen mit den Fingern der Sehnsucht veränderte.»

Die Rose schwieg eine Weile. Dann fuhr sie mit einer Stimme fort, in die sich Stolz und Freude mischten:

«Eine Stunde lang lebte ich wie eine Königin. Ich sah die Welt durch die Augen einer Rose. Ich hörte das Flüstern des Sephirs mit den Ohren einer Rose, und ich fühlte die Strahlen des Lichts mit den Blättern einer Rose. Gibt es unter euch jemanden, der diese Ehre beanspruchen kann?»

Dann neigte die Rose ihr Haupt, und mit kaum hörbarer Stimme hauchte sie:

«Ich sterbe, aber meine Seele enthält etwas, was keines Veilchens Seele je enthielt. Ich sterbe mit einem Wissen um das, was hinter dem begrenzten Dasein liegt, in dem ich aufgewachsen bin. Und das ist das Ziel des Lebens. Es ist das Wesen des Seins, das sich hinter den Bildern der Tage und Nächte verbirgt.»

Die Rose schloß zitternd ihre Blütenblätter, dann starb sie mit einem Lächeln auf ihrem Gesicht, es war das Lächeln von jemandem, dem das Leben seine Wünsche erfüllt hat, das Lächeln des Sieges, das Lächeln Allahs.

Der Dichter

Ich bin ein Fremder in dieser Welt!

Ich bin ein Fremder, und dieses Fremdsein verursacht schmerzliche Einsamkeit und Isolation; doch zugleich bewirkt es, daß ich unaufhörlich an ein zauberhaftes Land denke, das ich nicht kenne, und meine Träume füllen sich mit Bildern jenes fernen Landes, das meine Augen nie gesehen haben.

Ich bin ein Fremder für meine Familie und meine Freunde. Wenn ich einen von ihnen treffe, frage ich mich: «Wer ist das? Woher kenne ich ihn? Welche Bande verbinden mich mit ihm? Warum unterhalte ich mich mit ihm?»

Ich bin mir selber fremd, und wenn ich mich reden höre, findet mein Ohr meine Sprache fremdartig. Ich sehe mein verborgenes Ich lachen oder weinen – mutig oder ängstlich sein, und ich wundere mich darüber. Ich suche nach einer Erklärung, ohne sie zu finden. Ich bleibe mir fremd – eingehüllt in Nebel und umgeben von Schweigen.

Ich bin eine Fremder meines Körpers. Wenn ich vor einem Spiegel stehe, sehe ich in meinem Gesicht, was ich nicht fühle, und ich entdecke in meinen Augen, was die Tiefen meines Herzens nicht enthalten.

Ich laufe ziellos durch die Straßen der Stadt. Die Jungen folgen mir und rufen:

«Seht den Blinden! Geben wir ihm einen Stock, auf den er sich stützen kann!»

Ich ergreife die Flucht vor ihnen und stoße auf eine Gruppe junger Mädchen, die sich an meine Fersen heften und sagen:

«Er ist taub wie ein Fels. Füllen wir seine Ohren mit Liebesliedern!»

Ich entfliehe ihnen und treffe eine Gruppe Erwachsener, die sich um mich scharen und sagen:

«Er ist stumm wie ein Grab. Laßt uns ihn zum Sprechen bringen!»

Ich entferne mich ängstlich und stoße auf eine Gruppe von Greisen. Sie zeigen mit ihren zitternden Fingern auf mich und sagen:

«Das ist ein Narr, der seinen Verstand verloren hat.»

*

Ich bin ein Fremder in dieser Welt. Ich habe den Westen und den Osten dieser Erde durchwandert, ohne meinen Geburtsort zu finden und ohne jemanden zu treffen, der von mir gehört hat.

Am Morgen erwache ich und finde mich in einer dunklen Höhle, von deren Decke Schlangen hängen und über deren Boden Insekten kriechen. Ich trete ins Licht hinaus, und der Schatten meines Körpers folgt mir; der Schatten meiner Seele aber geht mir voraus an einen Ort, den ich nicht kenne, auf der Suche nach Dingen, die ich nicht verstehe, und nach Objekten greifend, die ich nicht brauche.

Und wenn der Abend kommt, kehre ich zurück und lege mich auf mein Lager, das aus Straußenfedern und Dornen besteht. Dann kommen mir merkwürdige Ideen – ärgerliche und ergötzliche, schmerzliche und erfreuliche.

Um Mitternacht dringen durch die Spalten meiner Höhle die Geister vergangener Zeiten und vergessener Nationen ein. Ich sehe sie an, und sie sehen mich an. Ich spreche mit ihnen und bitte sie um Aufklärung. Sie antworten mir lächelnd. Doch wenn ich versuche, sie zu halten, lösen sie sich in Rauch auf.

*

Ich bin ein Fremder in dieser Welt! Auf dieser Erde gibt es niemanden, der die Sprache meiner Seele versteht. Ich wandere durch eine Wüste und sehe die Flüsse aus den Tiefen der Täler zu den Gipfeln der Berge emporfließen; ich sehe die entlaubten Bäume, wie sie innerhalb eines Augenblicks sich mit Blättern schmücken, blühen, Früchte tragen und sich wieder entblättern; plötzlich fallen ihre Zweige auf die Erde und verwandeln sich in gefleckte Schlangen. Ich sehe Vögel singend und zwitschernd durch die Luft fliegen; plötzlich halten sie inne, breiten ihre Flügel weit aus und verwandeln sich in nackte Frauen mit langen Hälsen und wehenden Haaren, die mich aus schwarzgetuschten Lidern freundlich anblicken; mit rosigen Lippen lächeln sie mich an und strecken ihre feinen, weißen, nach Weihrauch und Myrrhe duftenden Hände nach mir aus; dann entschwinden sie vor meinen Augen wie Nebel, und es bleibt von ihnen nichts übrig als spöttisches Gelächter.
Ich bin ein Fremder in dieser Welt.
Ich bin ein Dichter, der in Verse setzt, was das Leben in Prosa schreibt – und manchmal schreibe ich in Prosa, was das Leben dichtet.
Ich bin und bleibe ein Fremder auf dieser Erde, bis mich der Tod holt und in meine Heimat bringt.

Reden und Redende

Wie überdrüssig bin ich der Reden und der Redenden!
Sie öden meinen Geist an!
Unter Redenden und ihren Reden verflüchtigen sich
meine Ideen und Träume!

Am Morgen erwache ich, und die Worte, die unweit
von meinem Bett auf Briefen, Zeitungen und Zeit-
schriften stehen, sehen mich mit bösartigen und ver-
schlagenen Blicken an.
Ich verlasse mein Bett und setze mich ans Fenster. Während ich eine Tasse Kaffee trinke, um den Schlaf zu vertreiben, tanzen, schreien und streiten sich die Worte vor
mir. Wenn ich meine Hand nach der Kaffeetasse aus-
strecke, sind sie dabei. Wenn ich mir eine Zigarette an-
zünde, tun sie das gleiche und ebenso, wenn ich den Rest
ausdrücke.
Ich gehe an meine Arbeit, und sie folgen mir. Sie flüstern
mir ins Ohr, flattern um meinen Kopf und füllen die
Zellen meines Gehirns. Ich versuche, sie zu vertreiben;
doch sie brechen in schallendes Gelächter aus und fahren
fort, zu summen und zu lärmen.
Ich gehe auf die Straße, und überall begegnen mir
Worte: an den Ladentüren, auf Mauern und Häuser-
wänden, sogar auf den Gesichtern der Menschen –
selbst wenn sie schweigen – sowie in ihren Gesten und
Bewegungen.
Wenn ich mich mit meinem Freund unterhalte, so sind
die Worte der dritte; wenn ich meinen Feind treffe, brei-

ten sich Worte zwischen uns aus wie eine aufziehende Armee. Und wenn ich vor ihnen fliehe, so bleibt das Echo der Worte; es setzt in meinem Innern den Streit fort und belästigt mich wie eine unverdaute Speise im Magen.

Ob ich in Gerichtsgebäude, Institute oder Schulen gehe, überall begegnen mir Worte sowie ihre Väter und Brüder; sie tragen Gewänder aus Lügen, Turbane und Schuhe aus List und Verstellung.

Dann begebe ich mich in Fabriken, Büros und Verwaltungen, und ich treffe wieder nur Worte sowie ihre Mütter, Großmütter und Tanten; sie bewegen ihre Zungen zwischen ihren vollen Lippen und lachen und spotten über mich.

Wenn mir noch ein wenig Kraft und Mut verbleibt, besuche ich die Heiligtümer und Tempel; dort sehe ich die Worte auf Thronen sitzen, sie tragen Mitren auf ihren Köpfen und kostbare silberne Stäbe in ihren Händen.

Und kehre ich abends in mein Zimmer zurück, so finde ich all die Worte, die ich im Laufe des Tages gehört habe, wie Schlangen von der Zimmerdecke hängen und wie Skorpione aus allen Winkeln hervorkriechen. Die Worte schwirren im Raum und jenseits des Raumes, auf der Erde und unter der Erde.

Die Worte befinden sich auf den Flügeln des Windes, auf den Wellen des Meeres, in Wäldern und Höhlen und auf den Gipfeln der Berge.

Überall sind Worte. Wohin soll man sich wenden, wenn man Ruhe und Schweigen sucht? Gibt es in dieser Welt eine Vereinigung der Schweigenden, damit ich mich ihr anschließen kann?

Möge Gott Erbarmen mit mir haben und mir die Gabe

der Taubheit schenken, damit ich glücklich leben kann
im Paradies des Schweigens!

Gibt es auf dieser Erde nicht einen Winkel ohne Geschwätz und Sprachenverwirrung, einen Ort, wo man
Worte weder kaufen noch verkaufen kann?

Gibt es unter den Bewohnern der Erde jemanden, der
sich nicht mit Worten rühmt. Gibt es nicht ein Geschöpf
unter den zahlreichen Geschöpfen, dessen Mund keine
Höhle ist für die Räuber der Worte?

Und wenn die Redner wenigstens einer einzigen Gattung angehörten, so könnten wir ja noch zufrieden sein,
aber es gibt ihrer zahllose Geschlechter.

Es gibt solche, die den Fröschen gleichen, die tagsüber
in den Sümpfen leben, wenn der Abend kommt, finden
wir sie an den Küsten wieder. Dann strecken sie ihre
Köpfe über die Wasseroberfläche und füllen die Stille
der Nacht mit einem grauenvollen Lärm, dem sich Gehör und Geist widersetzen.

Dann gibt es Mücken und Moskitos, die man fälschlich
für schwach hält, und die auch aus den Sümpfen kommen. Sie summen um deine Ohren und füllen sie mit
einem leisen, monotonen, aber diabolischen Gesumme,
das Ärger und Verdruß hervorruft.

Und es gibt die Gruppe derer, die Windmühlen gleichen
– eine merkwürdige Gruppe! Im Innern eines jeden
ihrer Mitglieder befindet sich ein großer Mühlstein, der
sich mit Hilfe von Alkohol dreht und einen höllischen
Lärm verursacht, der lauter ist als der Lärm wirklicher
Windmühlen.

Außerdem gibt es die Sippe der Seßhaften. Es sind diejenigen, die ihren Magen mit Gras füllen und die Luft
mit ihrem Gebrüll, das gröber ist als das Brüllen des
Büffels.

Es gibt diejenigen, die Eulen gleichen. Sie verbringen ihre Zeit zwischen den Gräbern der Stadtviertel und den Grotten. Sie verwandeln die Stille der Nacht in Wehklagen, das wehmütiger stimmt als das Heulen der Eulen.

Und es gibt die Gruppe derjenigen, die Sägen gleichen. Für sie ist das Leben ein Stück Holz; sie verbringen ihre Zeit damit, es zu spalten und zu zerteilen; dabei verursachen sie ein Rasseln, das nervenaufreibender ist als das Geräusch zahlreicher Sägen.

Es gibt die Sippe derer, die Trommeln gleichen. Sie schlagen sich selber mit großen Hämmern, und aus ihren leeren Mündern dringt ein Lärm, der stärker ist als Trommelschläge.

Eine andere Gruppe ist die der Wiederkäuer. Sie haben keine Beschäftigung, sitzen herum und kauen Worte, ohne sie auszusprechen.

Dann gibt es die Spötter, welche die Menschen verleumden. Bei Mangel an Objekten für ihren Spott verleumden sie sich gegenseitig und sogar sich selber. Sie nennen es Spaß, ohne zu wissen, daß der Spaß ernsthafter Natur ist.

Außerdem gibt es die Gattung der «Stare», von denen ein Dichter sagte: «Als sie sich versammelten, verfielen sie der Illusion, sie seien Falken.»

Schließlich gibt es die Gruppe der Glocken. Sie rufen die Menschen in die Tempel, die sie selber nicht betreten.

Es ließen sich noch andere Gruppen aufzählen wie beispielsweise jene der Schläfer, die den Raum mit ihrem Schnarchen füllen, ohne es zu wissen.

Und nun, da ich ein wenig meinen Widerwillen und meine Abneigung gegen Reden und Redende zum Ausdruck gebracht habe, fühle ich mich wie ein kranker

Arzt oder wie ein Verbrecher, der Moralpredigten hält: Ich habe die Worte durch Worte geschmäht und die Redner verleumdet, obwohl ich einer von ihnen bin. Wird Gott mir meine Schuld verzeihen, sich meiner erbarmen und mir Eintritt verschaffen in den Wald der Gedanken, der Gefühle und der Wahrheit, wo es weder Reden noch Redner gibt?